怪盗ジョーカー

闇夜の対決！　ジョーカー vs シャドウ

福島直浩／著　たかはしひでやす／原作

★小学館ジュニア文庫★

登《とう》場《じょう》人《じん》物《ぶつ》

ハチ

▼ジョーカーの助手《じょしゅ》。落《お》ちこぼれ忍者《にんじゃ》だったが、あるときジョーカーに出会《であ》い、助手《じょしゅ》にしてもらった。料理《りょうり》が得意《とくい》。

ジョーカー

▲世界《せかい》を股《また》にかける〝ミラクルメイカー〟の異名《いみょう》を持《も》つ怪盗《かいとう》。宝《たから》をねらうときには必《かなら》ず予告状《よこくじょう》を出《だ》すという美学《びがく》を持《も》つ一方《いっぽう》で、プライベートは面倒《めんどう》くさがりや。無類《むるい》のゲーム好《ず》き。

ダークアイ

▼スペードの忠実《ちゅうじつ》な助手《じょしゅ》。いつもは頭《あたま》を包帯《ほうたい》で巻《ま》き、真《しん》の姿《すがた》をさらすことはないが、その本当《ほんとう》の姿《すがた》は……。

スペード

▼ジョーカーやクイーンとともにシルバーハートの下《もと》で修行《しゅぎょう》を積《つ》んだジョーカーのライバル。すぐお熱《ねつ》を出《だ》す。

クイーン

▲ジョーカーとともに怪盗《かいとう》修行《しゅぎょう》を積《つ》んだ女怪盗《おんなかいとう》。剣術《けんじゅつ》にたけている。師匠《ししょう》のシルバーハートとともに暮《く》らす。

アイ

▲ダークアイのもうひとつの姿《すがた》。アイドルグループ、シャッフルシスターズの長女《ちょうじょ》。

シルバーハート

▶ジョーカーたちの師匠《ししょう》。

ロコ

▶クイーンといっしょに暮《く》らす怪盗犬《かいとうけん》。人間《にんげん》の言葉《ことば》が話《はな》せる。

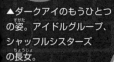

シャドウ・ジョーカー

▲ジョーカーに姿形《すがたかたち》がそっくりな怪盗《かいとう》。ジョーカーを倒《たお》すことに命《いのち》を燃《も》やしている。『ブラッディ・レイン』という傘型《かさがた》の武器《ぶき》を愛用《あいよう》。低血圧《ていけつあつ》で朝《あさ》が苦手《にがて》。

ローズ

▲シャドウ・ジョーカーの妹《いもうと》。プロフェッサー・クローバーにとらわれ、長《なが》い眠《ねむ》りについていたが、現在《げんざい》はそこから救《すく》われ、シャドウの怪盗仕事《かいとうしごと》のパートナーとして活躍《かつやく》。

鬼《おに》山《やま》毒《どく》三《ざぶ》郎《ろう》

◀警視庁怪盗対策《けいしちょうかいとうたいさく》本部長《ほんぶちょう》。ジョーカーを執拗《しつよう》に追《お》いかけているが、未《いま》だに逮捕《たいほ》できない。妻《つま》と娘《むすめ》のハルカには頭《あたま》が上《あ》がらない。

黒崎《くろさき》ギンコ

◀鬼山警部《おにやまけいぶ》の有能《ゆうのう》な部下《ぶか》。元《もと》F1《エフワン》レーサーで、ドライビングテクニックは警察一《けいさついち》!

白井《しらい》モモ

▶鬼山警部《おにやまけいぶ》の有能《ゆうのう》な部下《ぶか》。元特殊部《もととくしゅぶ》隊《たい》SAT《サット》の隊員《たいいん》で、トンファーを愛用《あいよう》。

速水《はやみ》京太郎《きょうたろう》

▶幼《おさな》いときの事故《じこ》で両足《りょうあし》の自由《じゆう》を奪《うば》われるが、天才的頭脳《てんさいてきずのう》で数々《かずかず》の事件《じけん》を解決《かいけつ》する高校生探偵《こうこうせいたんてい》。

もくじ

予《よ》告《こく》状《じょう》!!

『今夜《こんや》、岬《みさき》の大庭園《だいていえん》より、
〝小町《こまち》の黄金菊《おうごんぎく》〟をいただきに参上《さんじょう》する！
怪盗《かいとう》ジョーカー』

『月《つき》が消《き》えた漆黒の夜《ナイト・オブ・ダークネス》、
〝小町《こまち》の黄金菊《おうごんぎく》〟なる永遠の秘宝《エターナル・トレジャー》を、
血塗られた雨《ブラッディ・レイン》とともに現《あらわ》れ、
奪《うば》い去《さ》ってやる！
怪盗《かいとう》シャドウ・ジョーカー』

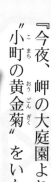

1 闇《やみ》夜《よ》の襲撃《しゅうげき》

月《つき》のない夜《よる》だった。

海《うみ》から冷《つめ》たい風《かぜ》が吹《ふ》きこみ、木々《きぎ》の葉《は》を荒々《あらあら》しく揺《ゆ》らす以外《いがい》は、夜《よる》の森《もり》は静《しず》かに息《いき》を潜《ひそ》めていた。

切《き》り立《た》った崖《がけ》の上《うえ》に広《ひろ》がるその森《もり》のなかに、洋館《ようかん》がひっそりと建《た》っていた。

昭和《しょうわ》のなごりを残《のこ》す立派《りっぱ》なその洋館《ようかん》には、今《いま》はだれも住《す》んでいない。一年《いちねん》ほど前《まえ》に財界《ざいかい》の大物《おおもの》であった主《あるじ》が亡《な》くなってから、数人《すうにん》の職員《しょくいん》によって管理《かんり》されていた。

屋敷《やしき》の主人《しゅじん》はほとんど外部《がいぶ》と接触《せっしょく》を持《も》たない変《か》わり者《もの》で有名《ゆうめい》だったが、一方《いっぽう》では著名《ちょめい》な園芸《えんげい》のコレクターであり、庭園《ていえん》でたくさんの珍《めずら》しい草花《くさばな》を育《そだ》てていた。

世界中《せかいじゅう》の草花《くさばな》が咲《さ》き誇《ほこ》る庭園《ていえん》は、広大《こうだい》な森《もり》のなかにかなりの面積《めんせき》を持《も》って広《ひろ》がり、大《おお》きな池《いけ》や橋《はし》、温室《おんしつ》や高《たか》い生垣《いけがき》でできたガーデン迷路《めいろ》など、来《く》るものを飽《あ》きさせない演出《えんしゅつ》が数《あま》

多《た》ほどこされていた。

なかでも庭園《ていえん》の目玉《めだま》は、大《おお》きな屋敷《やしき》を中心《ちゅうしん》として、まるで土星《どせい》の輪《わ》のようにドーナツ状《じょう》になった空中庭園《くうちゅうていえん》。そこは二十四《にじゅうよん》の花壇《かだん》に細《こま》かく区分《くわ》けされて、いつでも四季折々《しきおりおり》の花《はな》が楽《たの》しめるように工夫《くふう》されていた。

屋敷《やしき》から見《み》ると、空中庭園《くうちゅうていえん》の向《む》こうに海《うみ》が見《み》える。主《あるじ》が亡《な》くなった後《あと》、庭園《ていえん》は一般《いっぱん》に公開《こうかい》され、そこはいつしか『岬《みさき》の大庭園《だいていえん》』と呼《よ》ばれるようになった。

そんなふだんは平穏《へいおん》な大庭園《だいていえん》が、今夜《こんや》はものものしい雰囲気《ふんいき》に満《み》ちていた。庭園《ていえん》のいたるところで、パトカーの赤《あか》いランプがいくつも灯《とも》っており、不気味《ぶきみ》な雰囲気《ふんいき》をかもし出《だ》している。

屋敷《やしき》の屋上《おくじょう》に置《お》かれた警察《けいさつ》のサーチライトが、庭園《ていえん》をゆっくりとなぞるように回《まわ》り、ときおり警備《けいび》にあたる警官《けいかん》たちを照《て》らした。彼《かれ》らは緊張《きんちょう》した面持《おもも》ちで、あたりに厳《きび》しく目《め》を光《ひか》らせていた。

その様子《ようす》を洋館《ようかん》の三階《さんがい》から見下《みお》ろす、一人《ひとり》の男《おとこ》がいた。

ずんぐりむっくりの体《からだ》に、特別《とくべつ》あしらえのモスグリーンの制服《せいふく》を着《つ》け、その後頭部《こうとうぶ》から長髪《ちょうはつ》が揺《ゆ》れている。腕《うで》を組《く》み、じっと庭《にわ》を見《み》つめるその表情《ひょうじょう》には、ある一《ひと》つの覚悟《かくご》がうかがえた。

そのとき、屋敷《やしき》の時計塔《とけいとう》の鐘《かね》がゴーン！　と一度《いちど》だけ鳴《な》った。

「11時《じ》30分《ぷん》か……」

男《おとこ》が腕時計《うでどけい》を見《み》てつぶやく。この屋敷《やしき》の鐘《かね》は、ぴったりの時刻《じこく》にその時刻《じこく》の回数《かいすう》が鳴《な》り、30分《ぷん》の時《とき》は1度《ど》だけ鳴《な》らされるらしい。

と、男《おとこ》の背後《はいご》で、派手《はで》な音《おと》を立《た》ててとびらが開《ひら》いた。

「警部《けいぶ》っ！」

振《ふ》り返《かえ》ると、二人《ふたり》の警官《けいかん》が走《はし》りこんできた。一人《ひとり》は、目《め》つきがするどく紫《むらさき》の長髪《ちょうはつ》、もう一人《ひとり》は金色《きんいろ》の髪《かみ》の小柄《こがら》な女性警官《じょせいけいかん》だ。

「おお、ギンコちゃん、モモちゃん」

「到着《とうちゃく》されました」

「来《き》たか！」

振《ふ》り返《かえ》った男《おとこ》の目《め》がにぶく光《ひか》った。

「ふふふ、これで終《お》わりだ。こんどこそ激逮捕《げきたいほ》だぁぁっ！」

男《おとこ》は高《たか》らかに叫《さけ》んだ。

彼《かれ》の名《な》は、鬼山毒三郎《おにやまどくさぶろう》。警視庁怪盗対策本部《けいしちょうかいとうたいさくほんぶ》に所属《しょぞく》する、勤続二十五年《きんぞくにじゅうごねん》のいぶし銀警官《ぎんけいかん》だ。もともと盗難《とうなん》や詐欺《さぎ》事件《じけん》を専門《せんもん》に取《と》りあつかっていたが、ある男《おとこ》の登場《とうじょう》で鬼山《おにやま》の人生《じんせい》は一変《いっぺん》した。その男《おとこ》の名《な》は……、
怪盗《かいとう》ジョーカー――。

ジョーカーは〝奇跡使い《ミラクルメイカー》〟と呼《よ》ばれる、世紀《せいき》の大怪盗《だいかいとう》だった。変幻自在《へんげんじざい》、頭脳明晰《ずのうめいせき》、あらゆる人物《じんぶつ》に姿《すがた》を変《か》えて、煙《けむり》のようにお宝《たから》を盗《ぬす》み出《だ》し、風《かぜ》のように飛《と》び去《さ》っていく。まだ少年《しょうねん》ではあるが、その魔法《まほう》のような手口《てぐち》は、まさしく〝奇跡《きせき》〟そのものだった。

鬼山《おにやま》はある事件《じけん》で、ジョーカーと出会《であ》い、まんまとお宝《たから》を盗《ぬす》まれてしまった。それ以来《いらい》、鬼山《おにやま》は自身《じしん》の警察官生命《けいさつかんせいめい》をかけて、ジョーカーを逮捕《たいほ》することを誓《ちか》った。今《いま》では、ジョーカーの事件《じけん》が起《お》きるところには、必《かなら》ずといっていいほど鬼山《おにやま》が追《お》ってくる。ジョーカーは世界《せかい》を股《また》にかける怪盗《かいとう》であり、鬼山《おにやま》もおいそれと海外《かいがい》には行《い》けないが、日本《にほん》で起《お》きる事件《じけん》は必《かなら》ず彼《かれ》が担当《たんとう》していた。

今回《こんかい》、大庭園《だいていえん》の〈小町《こまち》の黄金菊《おうごんぎく》〉を狙《ねら》うというジョーカーの予告状《よこくじょう》が入《はい》り、すぐさま駆《か》けつけたのだ。

「今日《きょう》という今日《きょう》は、絶対《ぜったい》につかまえてやる……」

事件《じけん》のたびに、鬼山《おにやま》はそう口《くち》にする。

少《すこ》しおおげさだが、ジョーカーを追《お》うことは鬼山《おにやま》の生《い》きがいだ。ジョーカーの手《て》には、必《かなら》ず自《みずか》らの手《て》で手錠《てじょう》をかけると鬼山《おにやま》は心《こころ》に誓《ちか》っている。

そして今回《こんかい》、今《いま》まで以上《いじょう》の覚悟《かくご》で鬼山《おにやま》は現場《げんば》に臨《のぞ》んでいた。なぜなら……

そう思《おも》ったとき、とびらの奥《おく》から車輪《しゃりん》のきしむ音《おと》が聞《き》こえ、車椅子《くるまいす》に乗《の》った少年《しょうねん》が部屋《へや》へ入《はい》ってきた。

「やあ、久《ひさ》しぶりやな。鬼山《おにやま》はん」

「久《ひさ》しぶりだな、速水京太郎《はやみきょうたろう》クン」

「また今回《こんかい》は、えらい警官《けいかん》の数《かず》が多《おお》いな。枯《か》れ木《き》も山《やま》のにぎわい、数《かず》が多《おお》いのはええことですけど、なんぼ頭数《あたまかず》をそろえても、肝心《かんじん》のジョーカーをつかまえられんかったら、どうしようもないで」

速水《はやみ》は関西弁《かんさいべん》で軽口《かるくち》をたたくと、鬼山《おにやま》に向《む》かってニヤリと笑《わら》った。

きれいに切《き》りそろえられたおかっぱ頭《あたま》の黒髪《くろかみ》の下《した》で、青白《あおじろ》い顔《かお》に冷《つめ》たい瞳《ひとみ》が光《ひか》っていた。

ブルーのブレザーに、ストライプのネクタイをきっちりと締《し》め、黒《くろ》いスラックスで身《み》なりを整《ととの》えている。鬼山《おにやま》の娘《むすめ》、ハルカもいずれ通《かよ》うことになるだろう、私立十文字学園高等部《しりつじゅうもんじがくえんこうとうぶ》の制服《せいふく》だ。

速水《はやみ》は、その界隈《かいわい》では有名《ゆうめい》な天才高校生探偵《てんさいこうこうせいたんてい》だった。車椅子《くるまいす》に座《すわ》ったままで事件《じけん》を解決《かいけつ》するそのするどい頭脳《ずのう》は、IQ《アイキュー》300ともいわれており、わずかな証拠《しょうこ》から、たちどころに犯人《はんにん》やトリックを推理《すいり》し、言《い》い当《あ》ててしまう。

今回鬼山《こんかいおにやま》は、そんな速水《はやみ》に白羽《しらは》の矢《や》を立《た》て、協力《きょうりょく》を要請《ようせい》した。

「遠《とお》くまで来《き》てくれて感謝《かんしゃ》する。前《まえ》にジョーカーの事件《じけん》を担当《たんとう》した時《とき》には、大変世話《たいへんせわ》になったな」

「ああ、こないだの首鬼神社《くびきじんじゃ》の事件《じけん》、それと遺《のこ》された楽譜《がくふ》の事件《じけん》やったかな？　あの時《とき》はマヌケな警察《けいさつ》はニセモンの風船《ふうせん》ジョーカーをずっと追《お》いかけとったな」

「ああん？　マヌケなケーサツだとぉ？」

鬼山《おにやま》の横《よこ》から長髪《ちょうはつ》の女性警官《じょせいけいかん》が進《すす》み出《で》てすごんだ。その警官《けいかん》ギンコは、元《もと》F1《エフワン》レーサーのスピードマニアで、警視庁《けいしちょう》の『デビルチェイサー』と呼《よ》ばれ、恐《おそ》れられている。車《くるま》の運転《うんてん》だけでなく、気性《きしょう》のほうも少々荒《しょうしょうあら》っぽく、短気《たんき》なところがある。

「ハハハ、すまんすまん。でもマヌケ具合《ぐあい》ならボクも一緒《いっしょ》や。結局《けっきょく》ジョーカーに、トリックを解《と》かれてしもうた。お互《たが》い、あれは悔《くや》しい事件《じけん》やったな」

速水《はやみ》は小《ちい》さく息《いき》をついて、部屋《へや》の中央《ちゅうおう》へ目《め》を向《む》けた。

「で、今回《こんかい》ジョーカーはあれを狙《ねら》っとる、と？」

「ああ、そうだ」

もともとはサロンとして使《つか》われていたらしき大広間《おおひろま》の真《ま》ん中《なか》には、小《ちい》さなガラスのケースがあった。

金色《きんいろ》に輝《かがや》く美《うつく》しいかんざしが、ケースのなかに置《お》かれていた。見《み》るも豪華《ごうか》な細工《さいく》で、その先《さき》には菊《きく》の花《はな》を模《も》した装飾《そうしょく》がついている。花《はな》びらの一枚一枚《いちまいいちまい》を金細工《きんざいく》でつくり、中心《ちゅうしん》にはまばゆい光《ひかり》を放《はな》つダイヤモンドが埋《う》め込《こ》まれていた。

「あれが〈小町《こまち》の黄金菊《おうごんぎく》〉なんか？」

「うむ。亡《な》くなった屋敷《やしき》の主人《しゅじん》のコレクションとしては最《もっと》も高価《こうか》なもののようだ。名前《なまえ》のとおり、黄金《おうごん》で作《つく》られた菊《きく》の花《はな》で、その美《うつく》しさに似合《にあ》うのは歴史的《れきしてき》な佳人《かじん》、小野小町《おののこまち》だけであろうと言《い》われている」

「ふむ……警部《けいぶ》、見《み》せてもらってもええか？」

金髪《きんぱつ》の女性警官《じょせいけいかん》にガラスケースを開《あ》けてもらい、速水《はやみ》はそっとかんざしを手《て》に取《と》る。

そしてゆっくりと丹念《たんねん》に見《み》つめた。

「きれいですよねー、とくにこのダイヤ！」

金髪《きんぱつ》の女性警官《じょせいけいかん》モモが、かんざしの真《ま》ん中《なか》にあるダイヤに見《み》とれている。

白《しろ》く輝《かがや》くダイヤは非常《ひじょう》に大《おお》きなものだった。美《うつく》しいブリリアントカットがほどこされ、どの角度《かくど》から見《み》ても変《か》わらぬ輝《かがや》きを保《たも》っている。確《たし》かにジョーカーが狙《ねら》うお宝《たから》にふさわしい。

速水《はやみ》がかんざしを慎重《しんちょう》にケースに戻《もど》すと、ギンコとモモは邸内《ていない》の警備《けいび》に戻《もど》っていった。

広間《ひろま》には鬼山《おにやま》と速水《はやみ》の二人《ふたり》だけになる。

静《しず》かになったところで、速水《はやみ》が鬼山《おにやま》へ向《む》き直《なお》った。

「ところで鬼山《おにやま》はん、聞《き》いたところによると、今回《こんかい》ジョーカーをつかまえられへんかったら、担当《たんとう》をはずされるらしいな？」

「うっ……」

鬼山《おにやま》は口《くち》ごもる。

そう、鬼山《おにやま》は上司《じょうし》に、「今回結果《こんかいけっか》が出《だ》せなかった場合《ばあい》は、今後怪盗《こんごかいとう》ジョーカーの担当《たんとう》から君《きみ》をはずす」と言《い》われてしまったのだ。

たしかに今《いま》まで何《なん》の成果《せいか》も出《だ》せてない以上《いじょう》、言《い》い訳《わけ》はできない。

あとがなくなった鬼山《おにやま》は、警察内《けいさつない》のあらゆるコネを使《つか》って、訓練《くんれん》された屈強《くっきょう》な警官《けいかん》たちを数多《かずおお》くそろえ、最新《さいしん》の武器《ぶき》を用意《ようい》した。さらに念《ねん》には念《ねん》を入《い》れて、今回《こんかい》、速水《はやみ》に協力《きょうりょく》を依頼《いらい》したのだ。

「それは……君《きみ》には関係《かんけい》のないことだ」

鬼山《おにやま》は目《め》をそらして答《こた》える。

「まあまあ、そうつんけんせんと。警部《けいぶ》も崖《がけ》っぷちというわけや。実《じつ》はボクもついこの間《あいだ》、シンガポールでジョーカーとひと悶着《もんちゃく》あってな」

「なに、先月《せんげつ》の事件《じけん》か？　君《きみ》はあそこにいたのか？」

先月《せんげつ》、怪盗《かいとう》ジョーカーはシンガポールに現《あらわ》れ、『ブラックオパール』という宝石《ほうせき》を手《て》に入《い》れていた。こちらもこの屋敷《やしき》の主人《しゅじん》のコレクションだった。

「ああ。あるちょっとしたことで、ジョーカーを逃《に》がしてしもうたんでな。今度《こんど》こそきっちりつかまえたる……」

速水《はやみ》はグッとこぶしをにぎった。

その冷《つめ》たい目《め》の奥《おく》に、強《つよ》い光《ひかり》が灯《とも》っているのを鬼山《おにやま》は見逃《みのが》さなかった。

この少年《しょうねん》は信用《しんよう》できる……。

鬼山《おにやま》はスッと手《て》を差《さ》し出《だ》して言《い》った。

「速水探偵《はやみたんてい》、今日《きょう》はよろしく頼《たの》む」

「ああ、まかしとき。二人《ふたり》でジョーカーをつかまえようや！」

二人《ふたり》はグッと握手《あくしゅ》を交《か》わす。男同士《おとこどうし》のかたい握手《あくしゅ》だった。

そんな厳《おごそ》かな雰囲気《ふんいき》で、二人《ふたり》が心《こころ》を通《かよ》わせていたころ、張本人《ちょうほんにん》である怪盗《かいとう》ジョーカーが何《なに》をしていたかというと……。


「うわあああああ！　やっべえええええっ！」

夜空《よぞら》を進《すす》む大《おお》きな飛行船《ひこうせん》『スカイジョーカー』に悲鳴《ひめい》のような声《こえ》がひびいた。

あわてて、忍者姿《にんじゃすがた》の少年《しょうねん》がジョーカーの部屋《へや》へ駆《か》けこんでくる。

「ど、どうしたんスか⁉　ジョーカーさん！」

忍者姿《にんじゃすがた》の少年《しょうねん》は、まあるい金色《きんいろ》の目《め》をさらに大《おお》きく見開《みひら》いて叫《さけ》んだ。水色《みずいろ》の頭巾《ずきん》に鉄《てつ》の額《ひたい》あてをつけて、全身《ぜんしん》をしのび装束《しょうぞく》でかためている。背中《せなか》には体《からだ》のサイズに合《あ》わせた小《こ》ぶりの刀《かたな》を背負《せお》っていた。

ジョーカーの助手《じょしゅ》、ハチだ。

「ジョーカーさん？」

ハチの視線《しせん》の先《さき》、ベッドの上《うえ》にジョーカーがいた。

世紀《せいき》の大怪盗《だいかいとう》、奇跡使《ミラクルメイカー》いの怪盗《かいとう》ジョーカー！

世界中《せかいじゅう》の金持《かねも》ちに恐《おそ》れられ、華麗《かれい》な振《ふ》る舞《ま》いで多《おお》くの人々《ひとびと》を魅了《みりょう》するその少年《しょうねん》は、いつもの真《ま》っ赤《か》なスーツに身《み》を……包《つつ》んでいなかった。

ジョーカーは鮮《あざ》やかな黄色《きいろ》いパジャマの上下《じょうげ》を着《き》て、その頭《あたま》には三角帽子《さんかくぼうし》がちょこんとのっかっていた。派手《はで》な銀髪《ぎんぱつ》には思《おも》いっきり寝《ね》ぐせがついていて、あらゆる方向《ほうこう》へ跳《は》ね上《あ》がっている。寝《ね》ぼけ眼《まなこ》は大《おお》きく見開《みひら》かれ、あろうことか口《くち》の端《はし》にはよだれの垂《た》れたあとが残《のこ》っていた。

「やっちまったよ〰〰〰！　ハチぃぃぃ〰〰〰〰！」

ジョーカーは情《なさ》けない声《こえ》を上《あ》げて、ハチを見《み》つめる。その目《め》には大粒《おおつぶ》の涙《なみだ》がにじんでいる。

「何《なに》があったんスか⁉　何《なに》か大変《たいへん》なことでも……」

「ゲームの予約《よやく》の期限《きげん》……、30分過《ぷんす》ぎちまった……」

がくりと肩《かた》を落《お》として、小《ちい》さくつぶやいたジョーカーの言葉《ことば》に、ハチは「は？」と大《おお》きな目《め》をぱちくりさせる。

「『大格闘《だいかくとう》バトルスマッシャー3』の予約《よやく》が11時《じ》までだったんだよぉぉ！　今《いま》さっきサイトを見《み》たら、初回限定版《しょかいげんていばん》の予約《よやく》が締《し》め切《き》られてたぁ〜〜〜〜！」

それを聞《き》いたハチは、小《ちい》さくため息《いき》をつく。

「はあ……そんなことっスか」

「そんなことってなんだ！」

ジョーカーはハチにしがみついて、声《こえ》を上《あ》げる。

「たしかにダウンロードの通常版《つうじょうばん》だったら買《か》えるけど、それじゃダメなんだよ！　パッケージ初回版限定《しょかいばんげんてい》のパスコードがついてこないんだ！　あれがないと、『2』で取《と》り逃《のが》したレインボーハンマーをもらえない〜〜〜！」

ジョーカーはマニアっぽい口調《くちょう》でまくしたてると、ぼう然《ぜん》としているハチの襟《えり》をつかんでブンブンと振《ふ》る。

「わあああああ！　やっちまった〰〰！　お宝《たから》とちがって、ゲームの初回限定版《しょかいげんていばん》は一度《いちど》逃《のが》したら、二度《にど》と手《て》に入《い》れられないんだぞぉ〰〰〰！」

そう叫《さけ》ぶと、ジョーカーはベッドにつっぷして、おいおいと泣《な》きはじめた。

「そんなに泣《な》くことッスか……」

ハチがあきれて見守《みまも》るなか、ジョーカーはピタリと動《うご》きを止《と》める。

「ハチ」

「なんスか？」

「……今日《きょう》は仕事《しごと》……行《い》かね」

「はいいいい⁉」

ハチは今日一番《きょういちばん》の声《こえ》で叫《さけ》ぶ。

「なに言《い》ってるんスか、ジョーカーさん！　もう予告状出《よこくじょうだ》してるんスよ！　大庭園《だいていえん》まで、すぐそこまで来《き》てるんスよ！」

「やる気出《きで》ない……。一回《いっかい》くらいすっぽかしても平気《へいき》だよ」

「なっ！　ダメっス！　たかがゲームのために仕事《しごと》をサボるなんて、絶対《ぜったい》ダメっス！」

「たかがって何《なん》だ！　オレにとっては大事《だいじ》なことなんだ！」

ジョーカーは顔《かお》を上《あ》げて叫《さけ》ぶ。

「仕事《しごと》のほうが大事《だいじ》ッスよ！」

「いいや！　この世《よ》にゲームの予約《よやく》より大事《だいじ》なことなんてねえっ！」

ジョーカーはこぶしをグッとにぎると、今年一番《ことしいちばん》の大声《おおごえ》で力強《ちからづよ》く叫《さけ》んだ。

「マジっスか……」

その勢《いきお》いにハチはひるみ、肩《かた》をガクッと落《お》とす。

「じゃあ、あの人《ひと》との勝負《しょうぶ》も負《ま》けってことでいいっスね？」

「あの人《ひと》……？」

ジョーカーの目《め》が、〈その男《おとこ》〉を思《おも》い出《だ》したようにキラリと光《ひか》った。


ド――――――ン！

と、鬼山《おにやま》と速水《はやみ》のいる広間《ひろま》に大《おお》きな爆発音《ばくはつおん》がひびいた。

轟音《ごうおん》とともに壁《かべ》が爆発《ばくはつ》し、割《わ》れた破片《はへん》が地面《じめん》に飛《と》び散《ち》る。土煙《つちけむり》がもうもうと上《あ》がって、あたりを一瞬《いっしゅん》で灰色《はいいろ》にそめる。

「ジョーカーか⁉」

「来《き》たんやな！」

鬼山《おにやま》は〈黄金菊《おうごんぎく》〉のケースを背《せ》にして立《た》ちはだかる。速水《はやみ》もすばやく車椅子《くるまいす》をあやつって、鬼山《おにやま》のとなりにキュッと止《と》まった。

注意深《ちゅういぶか》く見回《みまわ》した二人《ふたり》の視線《しせん》の先《さき》、煙《けむり》のなかにうっすらと浮《う》かび上《あ》がったシルエット。

シルクハットをかぶり、マントをはためかせた少年《しょうねん》の影《かげ》……。

鬼山《おにやま》が、「ジョーカー！」と声《こえ》を上《あ》げようとしたその時《とき》、煙《けむり》のなかからするどく声《こえ》がひびいた。

「ハハハハ！　お宝《たから》はいただくぜっ！」

「なっ⁉」

ジョーカーの声《こえ》ではない。

「『血塗《ブラッディ》られた雨《・レイン》』！」

煙《けむり》のなかで何《なに》かが光《ひか》った、と思《おも》った直後《ちょくご》、鬼山《おにやま》の腕《うで》をかすめて、真《ま》っ赤《か》な光線《こうせん》が通《とお》り過《す》ぎる。思《おも》わず身《み》をのけぞらせたその時《とき》、〈黄金菊《おうごんぎく》〉のケースが爆発《ばくはつ》した。光線《こうせん》が命中《めいちゅう》したのだ。

バーン！　とまた大《おお》きな音《おと》を立《た》てて、強化《きょうか》ガラスが割《わ》れる。ガラスの破片《はへん》が飛《と》び散《ち》り、鬼山《おにやま》はとっさに目《め》をかばった。

しかし、その動作《どうさ》が悪《わる》かった。

一瞬《いっしゅん》目《め》をはなしたすきに、煙《けむり》のなかの影《かげ》がダダダ！　と鬼山《おにやま》の横《よこ》をすり抜《ぬ》け、ガラスのなかの〈黄金菊《おうごんぎく》〉を取《と》り上《あ》げる。

「ハハハハハ！　たしかにいただいたぜ！」

得意《とくい》げに笑《わら》った影《かげ》に向《む》かって、鬼山《おにやま》は叫《さけ》んだ。

「貴様《きさま》、ジョーカーじゃないな！　お前《まえ》は……！」

「ああ、そうさ。オレは漆黒の闇《ダーク・オブ・ダークネス》から現《あらわ》れし、光《ひかり》を塗《ぬ》りつぶす黒《くろ》い影《かげ》、シャドウ・ジョーカーだ！」

ゆっくりと煙《けむり》が晴《は》れて、男《おとこ》がたたずむ姿《すがた》が見《み》えた。

そのシルエットは、ジョーカーと瓜二《うりふた》つだった。

シルクハットとスーツ、ネクタイまでをすべて紫《むらさき》でまとめ、背中《せなか》からは真《ま》っ黒《くろ》なマントがはためいている。ジョーカーの派手《はで》な印象《いんしょう》とは対照的《たいしょうてき》に、シャドウはその名《な》のとおり、

暗《くら》く冷《つめ》たいオーラをまとっていた。その怪《あや》しげな金色《きんいろ》の瞳《ひとみ》には、邪悪《じゃあく》な輝《かがや》きが奥深《おくぶか》くひそんでいる。はね上《あ》がったシアン色《いろ》の髪《かみ》があやしく光《ひか》った。

シャドウは、手《て》にした真《ま》っ黒《くろ》な傘《かさ》を、鬼山《おにやま》に向《む》けてかまえる。シャドウの武器《ぶき》、『ブラッディ・レイン』だ。

「ジョーカーじゃなくて残念《ざんねん》だったな。お宝《たから》はオレ様《さま》がいただいていく！」

「なんだと……」

鬼山《おにやま》が近《ちか》づこうとした時《とき》、その足《あし》もとに向《む》かって傘《かさ》の先《さき》から光線《こうせん》が放《はな》たれた。光線《こうせん》が命中《ちゅう》して、鬼山《おにやま》の足先《あしさき》の床《ゆか》を真《ま》っ黒《くろ》に焦《こ》がす。

「次《つぎ》は当《あ》てる。オレはヤツのように甘《あま》くはないぞ」

「むぅ……」

鬼山《おにやま》がくやしげに歯《は》ぎしりする。

と、鬼山《おにやま》のとなりで「ククク……」と静《しず》かに速水《はやみ》の笑《わら》い声《ごえ》がした。

「あいかわらず乱暴《らんぼう》な手口《てぐち》やな」

「……だれだ、てめえは？」

シャドウは速水《はやみ》をギッとにらみつける。

「シンガポールの事件《じけん》ではみっともない姿《すがた》をさらしたのに、また性懲《しょうこ》りもなく、ニセモンが現《あらわ》れるとはびっくりや」

「シンガポール……？　じゃあてめえがあのワナを仕掛《しか》けたのか！」

シャドウは傘先《かささき》を速水《はやみ》に向《む》けて、ピタリとかまえる。

だが速水《はやみ》はまったく動《どう》じずに、すずしい顔《かお》で語《かた》り出《だ》した。

「ああ、そうや。だが正直《しょうじき》、キミはボクのターゲットやないんや。ジョーカーのニセモンに興味《きょうみ》はないんでな」

「なっ……オレはニセモンじゃねえ！」

「フフフ、ニセモンはニセモンや。その名《な》のとおり、キミはジョーカーの影《かげ》、影《かげ》に隠《かく》れた正真正銘《しょうしんしょうめい》のニセモンや」

「な、何回《なんかい》も言《い》いやがってっ！　今《いま》ここで殺《ころ》す！　『ブラッディ・レイン』！」

シャドウの声《こえ》とともに放《はな》たれたするどい光線《こうせん》が、速水《はやみ》に向《む》かって突《つ》き進《すす》む。速水《はやみ》はすばやく車椅子《くるまいす》を動《うご》かして、光線《こうせん》をすんでのところでかわした。

「そう簡単《かんたん》に当《あ》たらへんで。ボクの車椅子《くるまいす》は、走《はし》るより速《はや》く移動《いどう》できる！」

「しゃらくせえ！」

シャドウは速水《はやみ》に向《む》かって、何度《なんど》も光線《こうせん》を発射《はっしゃ》する。

が、その言葉《ことば》どおり、速水《はやみ》の車椅子《くるまいす》は光線《こうせん》をさけて、猛《もう》スピードで動《うご》き回《まわ》り、攻撃《こうげき》をよけ続《つづ》けた。

「こいつ……！」

怒《いか》りにまかせて撃《う》ち続《つづ》けるシャドウだったが、そのせいで背後《はいご》から飛《と》んできた物《もの》の気配《けはい》に気《き》がつかなかったらしい。

ガチャン！　とシャドウの腕《うで》に、にぶい痛《いた》みが走《はし》る。

「！……」

見《み》ると、シャドウの傘《かさ》を持《も》つ手《て》に、ガチャリと手錠《てじょう》がかかっていた。

「シャドウ・ジョーカー、激逮捕《げきたいほ》だ――！」

手錠《てじょう》からまっすぐに伸《の》びた縄《なわ》の先《さき》を、鬼山《おにやま》がにぎっている。

「貴様《きさま》ら……！　見《み》てろ、『暗黒街の霧《アンダーワールド・スモーク》』！」

怒《おこ》ったシャドウは傘《かさ》をくるりと持《も》ち替《か》えると、地面《じめん》に向《む》けて強《つよ》く突《つ》き刺《さ》す。とたんに傘《かさ》先《さき》からシューと煙幕《えんまく》のような煙《けむり》が噴《ふ》き出《だ》した。

「!?」

鬼山《おにやま》と速水《はやみ》が驚《おどろ》くよりも早《はや》く、もくもくと煙《けむり》が広《ひろ》がっていく。煙《けむり》はたちまち大広間《おおひろま》を覆《おお》いつくした。

「このお宝《たから》は渡《わた》さねえっ！」

シャドウの声《こえ》と同時《どうじ》に手錠《てじょう》の縄《なわ》が切《き》られる。直後《ちょくご》、窓《まど》が割《わ》れる音《おと》が聞《き》こえた。

鬼山《おにやま》は無線《むせん》に向《む》かって叫《さけ》ぶ。

「ギンコちゃん、モモちゃん、屋敷《やしき》のまわりにいる怪《あや》しいヤツはすべて激逮捕《げきたいほ》だ――！」

『はい、警部《けいぶ》！』

とギンコが応答《おうとう》して無線《むせん》は切《き》れた。

うっすらと煙《けむり》が晴《は》れる前《まえ》に、鬼山《おにやま》は駆《か》け出《だ》す。

「警部《けいぶ》！」

「ジョーカーは必《かなら》ず現《あらわ》れる。お宝《たから》を狙《ねら》ってな！」

そう叫《さけ》ぶと、鬼山《おにやま》は部屋《へや》を飛《と》び出《だ》していった。

「……」

残《のこ》された速水《はやみ》は、キコキコと車椅子《くるまいす》を滑《すべ》らせて、割《わ》れたガラスケースをゆっくりと見下《みお》ろした。

「フフフ、面白《おもしろ》いやないか。ニセモンが〝ニセモン〟を盗《ぬす》むとはな……」

速水《はやみ》はフッと不敵《ふてき》に微笑《ほほえ》んだ。

2 不思議《ふしぎ》な力《ちから》の少女《しょうじょ》

時間《じかん》は少《すこ》し巻《ま》き戻《もど》る――。

シャドウが鬼山《おにやま》たちと戦《たたか》っていた少《すこ》し前《まえ》、屋敷《やしき》の外《そと》では、別《べつ》の騒動《そうどう》が巻《ま》き起《お》こっていた。

「『アイスショット』！」

と、叫《さけ》んだ少年《しょうねん》の銃《じゅう》から、青白《あおじろ》い光線《こうせん》が放《はな》たれる。

光線《こうせん》はあたりの草《くさ》を一瞬《いっしゅん》にして凍《こお》らせ、追《お》いかけてきた警備員《けいびいん》たちの足《あし》を止《と》める。

少年《しょうねん》はその様子《ようす》を満足《まんぞく》げにながめ、余裕《よゆう》の笑《え》みを浮《う》かべてみせた。

まっすぐに伸《の》びた青《あお》い長髪《ちょうはつ》が、夜風《よかぜ》に吹《ふ》かれて揺《ゆ》れる。髪《かみ》にあわせて真《ま》っ白《しろ》なコートと薄紫《うすむらさき》のスカーフも風《かぜ》に揺《ゆ》れた。端正《たんせい》な顔立《かおだ》ちに、黄色《きいろ》いトサカのように逆立《さかだ》つ前髪《まえがみ》が印象的《いんしょうてき》だった。

怪盗《かいとう》スペードだ……！

「さて、そちらはどうだい？」

後《うし》ろを振《ふ》り返《かえ》ると、少《すこ》しはなれたところで、白《しろ》い影《かげ》が警官《けいかん》たちと戦《たたか》っていた。

キン！　キン！　キン！　とするどく響《ひび》く金属音《きんぞくおん》ののち、柄《つか》で打《う》たれて気絶《きぜつ》させられた男《おとこ》たちがドサドサと倒《たお》れていく。その真《ま》ん中《なか》で少女《しょうじょ》と思《おぼ》しき白《しろ》い影《かげ》が、まるで踊《おど》るように剣《けん》を振《ふ》り回《まわ》していた。

やがて、立《た》っている警官《けいかん》の姿《すがた》があたりからなくなると、少女《しょうじょ》は大刀《たち》を下《お》ろしてスペードのほうを振《ふ》り返《かえ》った。

「問題《もんだい》ないわ。張《は》り合《あ》いがないわね」

美《うつく》しい金髪《きんぱつ》を高《たか》い位置《いち》でツインテールに結《むす》び、白《しろ》とピンクのコートに身《み》を包《つつ》んでいる。輝《かがや》くような大《おお》きい瞳《ひとみ》には、ダイヤの形《かたち》の光《ひかり》が灯《とも》っていた。そのかわいらしい外見《がいけん》とは裏腹《うらはら》に、少女《しょうじょ》は右手《みぎて》に持《も》った大《おお》きな剣《けん》を軽々《かるがる》とあやつって、腰《こし》のさやにおさめる。

怪盗《かいとう》クイーンだ……！

「それよりあんたのほうが手間《てま》取《ど》ってたじゃない。いつもの精密《せいみつ》なショットとは少《すこ》しちがった気《き》がしたけど？」

「そうかな？　ボクは何《なん》の問題《もんだい》もなかったように思《おも》えたが……。地図《ちず》を確認《かくにん》しよう」

軽《かる》く話題《わだい》をそらして、スペードは端末《たんまつ》を取《と》り出《だ》す。

「さて……」

と、手元《てもと》の画面《がめん》には屋敷《やしき》の地図《ちず》が映《うつ》っていた。

大庭園《だいていえん》には大小《だいしょう》さまざまな庭《にわ》が配置《はいち》され、それぞれが複雑《ふくざつ》に入《い》り組《く》んだ通路《つうろ》でつながっている。その全体像《ぜんたいぞう》を把握《はあく》するには地図《ちず》がないと難《むずか》しい。

そのなかで赤《あか》く点滅《てんめつ》している点《てん》が見《み》える。今《いま》スペードとクイーンがいる、庭園《ていえん》の一番外《いちばんそと》側《がわ》だ。屋敷《やしき》からはまだ離《はな》れている。

「ずいぶん遠《とお》いな。意外《いがい》にてこずる仕事《しごと》になりそうだ……」

「まったく、おじいちゃんのお願《ねが》いも面倒《めんどう》ね」

クイーンのぼやき声《ごえ》に、スペードは息《いき》をついて暗《くら》い空《そら》を見上《みあ》げる。

そう、スペードがクイーンに呼《よ》び出《だ》されたのは、三日前《みっかまえ》のことだった。


スペードとクイーン、そしてジョーカーの三人《さんにん》には同《おな》じ怪盗《かいとう》の師匠《ししょう》がいる。

かつて『銀《ぎん》の魔術師《まじゅつし》』と呼《よ》ばれ、夜《よる》の街《まち》をあちらこちらへと飛《と》び回《まわ》り、世界中《せかいじゅう》のお宝《たから》を手《て》に入《い》れていたとされる伝説《でんせつ》の大怪盗《だいかいとう》シルバーハートだ――。

スペードたちはそれぞれに事情《じじょう》を持《も》ってシルバーハートに拾《ひろ》われ、そのもとで修行《しゅぎょう》をし、怪盗《かいとう》のイロハを学《まな》んだ。三人《さんにん》にとっては親代《おやが》わりであり、怪盗《かいとう》のテクニックだけでなく、生《い》き方《かた》も教《おし》えてもらったと言《い》っていい。やがて三人《さんにん》が怪盗《かいとう》として仕事《しごと》をするようになったあとも、クイーンはシルバーハートと一緒《いっしょ》に暮《く》らし、ジョーカーとスペードも、時折《ときおり》、師匠《しょう》の様子《ようす》をたずねに立《た》ち寄《よ》っている。

その師匠《ししょう》からのお願《ねが》いとなると、駆《か》けつけないわけにはいかない。

丘《おか》の上《うえ》のアジトにスペードが到着《とうちゃく》すると、クイーンは開口一番《かいこういちばん》告《つ》げた。

「じつは困《こま》ったことになっちゃって……」

「そうなんです」

クイーンのとなりには、クイーンの相棒《あいぼう》、怪盗犬《かいとうけん》のロコがひかえていた。ロコは遺伝子《いでんし》研究《けんきゅう》によって生《う》まれたスーパードッグで、人《ひと》の言葉《ことば》を理解《りかい》し、話《はな》すことができる。ロコもクイーンとともに、シルバーハートのアジトで生活《せいかつ》していた。

「ジョーカーとシャドウが、予告状《よこくじょう》を出《だ》したことは知《し》ってる？」

「ああ、岬《みさき》の大庭園《だいていえん》にある〈小町《こまち》の黄金菊《おうごんぎく》〉だろう？　ジョーカーが目《め》をつけるとは思《おも》わなかったが、シャドウと同《おな》じものを狙《ねら》っているなら、さもありなんだ。どうせ二人《ふたり》で、子《こ》どもっぽい戦《たたか》いをくり広《ひろ》げるんだろうね」

スペードはあきれたように笑《わら》う。

ふだんスペードも、まったく同《おな》じようにジョーカーと子《こ》どもっぽい戦《たたか》いをくり広《ひろ》げているのだが、あえてクイーンは言《い》わない。

「それなんだけど……おじいちゃんも〈小町《こまち》の黄金菊《おうごんぎく》〉を狙《ねら》ってたらしいの」

「何《なん》だって？」

とスペードがたずねた時《とき》、奥《おく》のとびらがバタンと開《ひら》いて、

「スペードぉぉぉぉ……、お願《ねが》いじゃぁぁぁ……」

と何《なに》やら情《なさ》けない声《こえ》が聞《き》こえ、三人《さんにん》の師匠《ししょう》・シルバーハートが部屋《へや》へ入《はい》ってきた。

真《ま》っ白《しろ》なダブルのスーツ、白《しろ》いシルクハットに白《しろ》いマントで上《うえ》から下《した》までキメて、よく磨《みが》かれた金《きん》ボタンとスーツからのぞくピンクの袖口《そでぐち》がアクセントになっている。銀色《ぎんいろ》に輝《かがや》く見事《みごと》なあごひげをたくわえ、その左目《ひだりめ》にはアンティークの片眼鏡《かためがね》が光《ひか》っていた。

なんと華麗《かれい》で、優美《ゆうび》なたたずまいの怪盗《かいとう》シルバーハート！

……のはずだったが、少《すこ》しちがった。

服装《ふくそう》こそバッチリ決《き》まっているが、『銀《ぎん》の魔術師《まじゅつし》』ことシルバーハートは、キャスターのついた丸椅子《まるいす》の上《うえ》で、うつぶせにお腹《なか》をつけ、はいつくばってゴロゴロ車輪《しゃりん》を転《ころ》がしてゆっくり進《すす》んでくる。まるで食《しょく》あたりを起《お》こしたアメンボのようだ。

その姿《すがた》に、スペードはため息《いき》をつく。

「師匠《ししょう》、腰《こし》ですか……」

シルバーハートはギックリ腰《ごし》の持病《じびょう》があるのだった。

「うう……そうなんじゃや。掃除《そうじ》をしようと荷物《にもつ》を持《も》ち上《あ》げたら、思《おも》いのほか軽《かる》くてのう。その時《とき》に見事《みごと》ギックリいってしまった」

「もう、一人《ひとり》で掃除《そうじ》しようとするからよ。言《い》ってくれれば、ロコに手伝《てつだ》ってもらえたのに」

「えー、またボクだけですか？」

ロコが口《くち》をとがらせる。クイーンは家事全般《かじぜんぱん》が苦手《にがて》なのだ。

「師匠《ししょう》、なぜ〈黄金菊《おうごんぎく》〉を狙《ねら》ってるんです？」

「うむ、それがのう……」

シルバーハートはもじもじと言《い》いにくそうに、ちらりとクイーンを見《み》た。

クイーンがため息《いき》をついて、代《か》わりに話《はな》しはじめる。

「女王様《じょおうさま》に〈小町《こまち》の黄金菊《おうごんぎく》〉をあげるって約束《やくそく》をしたんだって」

「女王様《じょおうさま》って、あの崖《がけ》の国《くに》の女王様《じょおうさま》かい？　師匠《ししょう》のガールフレンドの」

「そうよ。女王様《じょおうさま》にカッコつけて『ワシが貴方《あなた》に似合《にあ》う美《うつく》しい花《はな》のかんざしを持《も》ってきてあげよう』って言《い》っちゃったらしいのよ」

「なるほどね」

「だから私《わたし》たちに代《か》わりに盗《ぬす》みに行《い》ってほしいんですって。おじいちゃんはこの有様《ありさま》だし」

「すまん……」

情《なさ》けない声《こえ》でつぶやくと、シルバーハートはうなだれる。

「ふむ、ジョーカーとシャドウがともに狙《ねら》っているお宝《たから》か……」

スペードは腕《うで》を組《く》んで考《かんが》える。

「面白《おもしろ》いね、行《い》こう」

すると、横《よこ》から話《はなし》を聞《き》いていたスペードの助手《じょしゅ》、ダークアイが「キョキョキョッ」と焦《あせ》ったようにつぶやいた。すらりと長身《ちょうしん》のダークアイは、包帯《ほうたい》で巻《ま》かれた顔《かお》を寄《よ》せてスペードに耳打《みみう》ちする。

「ですがスペード様《さま》、大《おお》きな仕事《しごと》を終《お》えたばかりです。この三日間《みっかかん》はお体《からだ》を休《やす》めませんとお熱《ねつ》が……」

「大丈夫《だいじょうぶ》さ、ダークアイ。今回《こんかい》はクイーンと一緒《いっしょ》に動《うご》くんだ。それに、ジョーカーとシャドウを同時《どうじ》にやりこめるチャンスでもある」

そう言《い》うと、スペードはニヤッと笑《わら》った。

その顔《かお》はジョーカーやシャドウに負《ま》けず劣《おと》らず、子《こ》どもっぽい笑顔《えがお》だった。


だが……。

スペードは庭園《ていえん》を走《はし》りながら、目《め》をこすった。じつは昨晩《さくばん》から体調《たいちょう》がさらに悪《わる》くなったようだ。なんとかだましながらここまでやってきたが、やはり疲《つか》れがたまっているらしい。

クイーンにも先《さき》ほど見抜《みぬ》かれてしまった。

なんとか終《お》わるまでもってくれるといいが……。

二人《ふたり》は庭園《ていえん》を抜《ぬ》け、屋敷《やしき》の近《ちか》くまでやってくる。

その時《とき》、端末《たんまつ》に連絡《れんらく》が入《はい》った。

『ここまでなんとか警備《けいび》のあいだをすり抜《ぬ》けられましたが、この先《さき》は難《むずか》しそうです』

ロコの声《こえ》だった。ロコとダークアイは、スペードの飛行船《ひこうせん》で待機《たいき》し、後方支援《こうほうしえん》に回《まわ》っているのだ。

「そのようだな。監視《かんし》カメラのほうはどうだい、ダークアイ？」

『キョキョキョ、ハッキング成功《せいこう》しました』

「ありがとう。では引《ひ》き続《つづ》きガイドをたのむ」

『キョキョキョ、お待《ま》ちください。お体《からだ》の具合《ぐあい》は……』

端末《たんまつ》の向《む》こうから、ダークアイの不安《ふあん》そうな声《こえ》が聞《き》こえる。

「問題《もんだい》ない」

『キョキョキョ、しかしスペード様《さま》、出《で》かける前《まえ》にまた息《いき》が荒《あら》くなっておりました。ご無理《むり》なさっては……』

「いいから君《きみ》はカメラをしっかり監視《かんし》していてくれ」

『キョキョ……はい』

「たのんだぞ」

とスペードは短《みじか》く言葉《ことば》を切《き》って、息《いき》をついた。

まったく、心配性《しんぱいしょう》だな。

もちろんダークアイが、スペードの体《からだ》を優《やさ》しさで気《き》づかってくれていることはわかっている。けれどスペードは、自分《じぶん》を甘《あま》やかしたくなかった。

大丈夫《だいじょうぶ》だ……。

「さあクイーン、行《い》こうか」

と顔《かお》を上《あ》げて見《み》ると、クイーンは茂《しげ》みに身《み》をひそめ、庭《にわ》をうかがっていた。

「どうしたんだい？」

近《ちか》づいてつぶやくと、「しーっ」とクイーンは指《ゆび》を口《くち》に当《あ》て、スペードにしゃがむように言《い》った。

「あれ見《み》て」

スペードがクイーンのとなりにしゃがみ、視線《しせん》の先《さき》をうかがうと、噴水《ふんすい》が上《あ》がっている大《おお》きな池《いけ》のほとりで、もぞもぞと影《かげ》が動《うご》いていた。

「あれは……」

ぴょこんと茂《しげ》みから顔《かお》を出《だ》したのは、かわいらしい少女《しょうじょ》だった。

ピンクの髪《かみ》をお団子《だんご》で二《ふた》つに結《むす》び、紫《むらさき》のブラウスに赤紫《あかむらさき》のジャンパースカート、そしてその裾《すそ》から白《しろ》いペチコートをのぞかせている。ブラウスの首元《くびもと》には、黄色《きいろ》いリボンが揺《ゆ》れ、キョロキョロとあたりを見回《みまわ》すその表情《ひょうじょう》には、まだどこか幼《おさな》さが残《のこ》っている。

その少女《しょうじょ》の名《な》はローズ。シャドウの双子《ふたご》の妹《いもうと》だった。

いつもはシャドウと一緒《いっしょ》に行動《こうどう》しているのだが、今日《きょう》は一人《ひとり》のようだ。

ローズはちょっと唇《くちびる》をとがらせて、屋敷《やしき》をにらみつけている。

「ローズ、どうしたのかしらね……？」

クイーンがつぶやいたその時《とき》、屋敷《やしき》からドーン！　と大《おお》きな爆発音《ばくはつおん》が聞《き》こえて、何《なに》かがくずれ落《お》ちる音《おと》がした。

「！……」

ローズが驚《おどろ》いて茂《しげ》みから飛《と》び出《だ》す。そのとたん、防犯装置《ぼうはんそうち》に引《ひ》っかかってしまったらしい。あたりにウーウーとサイレンが鳴《な》りひびき、サーチライトの光《ひかり》がローズに向《む》かっていっせいに降《ふ》り注《そそ》いだ。

すぐさま警備《けいび》にあたっている警官《けいかん》たちが駆《か》け寄《よ》ってくる。

その先頭《せんとう》にギンコとモモがいた。

「待《ま》ちなさい、シャドウ！　じゃなくてジョーカー……でもない⁉」

「女《おんな》の子《こ》……⁉」

二人《ふたり》ともローズの姿《すがた》を見《み》つけて、面食《めんく》らっているようだ。どうやらシャドウは、怪盗《かいとう》として知《し》られているが、ローズはまだ知《し》られていないらしい。

その時《とき》、無線《むせん》で鬼山《おにやま》の声《こえ》が聞《き》こえた。

『ギンコちゃん、モモちゃん、屋敷《やしき》のまわりにいる怪《あや》しいヤツはすべて激逮捕《げきたいほ》だ――！』

「はい、警部《けいぶ》！」

ギンコが応答《おうとう》し、ローズに向《む》き直《なお》る。

一方《いっぽう》、スペードは茂《しげ》みで身《み》をひそめながら、

「どうする？　助《たす》けようか？」

とたずねた。しかしクイーンは無言《むごん》で首《くび》を振《ふ》る。まるで「必要《ひつよう》ないわよ」というように。

その理由《りゆう》はすぐに判明《はんめい》した。

「逮捕《たいほ》よっ！」

「いっけ――っ！」

二人《ふたり》の声《こえ》と同時《どうじ》に警官《けいかん》たちがローズにいっせいに襲《おそ》いかかる。

ギンコのとなりからモモが大《おお》きく飛《と》んだ。

モモは、特殊部隊《とくしゅぶたい》・SAT《サット》の元隊員《もとたいいん》であり、戦闘《せんとう》のエキスパートだ。あらゆる体術《たいじゅつ》に長《た》けており、並《なみ》の警官《けいかん》ではまったく歯《は》が立《た》たない。

そんなモモがトンファーのような武器《ぶき》を振《ふ》りかざし、ローズに迫《せま》る！

が、ローズはすました顔《かお》であたりをぐるりと見回《みまわ》したと思《おも》うと、ゆっくりと右手《みぎて》を警官《けいかん》たちのほうへかざし、目《め》をカッと見開《みひら》いた。

ギュンッ……！

重《おも》い衝撃波《しょうげきは》のような空気《くうき》の振動《しんどう》が、はなれたところにいるスペードたちにも伝《つた》わってくる。その直後《ちょくご》、ローズの目《め》の前《まえ》にいるモモや、そのまわりの警官《けいかん》たちの動《うご》きがピタリと止《と》まった。

あれがローズの能力《のうりょく》だ。

ローズは、その精神《せいしん》を集中《しゅうちゅう》し、全身《ぜんしん》から手《て》の先《さき》にこめた力《ちから》を放《はな》つと、その対象《たいしょう》となる人《ひと》の、動《うご》きを止《と》めることができる。スペードたちも体験《たいけん》したことがあるが、まるで重《おも》い鉄《てつ》のかたまりのなかに閉《と》じこめられたみたいに、指先《ゆびさき》までぴくりとも動《うご》かない。

意識《いしき》ははっきりしているのに、金縛《かなしば》りにあったように体《からだ》が固《かた》まってしまうのだ。

モモやギンコも何《なに》が起《お》きたかわからないようで、止《と》まったまま混乱《こんらん》しているのが伝《つた》わってくる。

ローズが力《ちから》をこめたまま、その場《ば》を離《はな》れようとしたその時《とき》だった。

「だれや、そこにおるんはっ！」

見上《みあ》げると、建物《たてもの》の三階《さんがい》のベランダから速水《はやみ》がこちらを見下《みお》ろしていた。

「あれは……速水京太郎《はやみきょうたろう》？」

スペードがつぶやく。

と、その時同《ときどう》じように見上《みあ》げたローズが、「速水《はやみ》さん……」と小《ちい》さく速水《はやみ》の名《な》をつぶやいたのが聞《き》こえた。

直後《ちょくご》、モモたちへの超能力《ちょうのうりょく》が解《と》ける。ローズの集中《しゅうちゅう》が途切《とぎ》れたのだ。

「ん？　君《きみ》は……？」

速水《はやみ》も気《き》づいたようだが、こちらは暗闇《くらやみ》で、顔《かお》を判別《はんべつ》しかねているようだ。

そのあいだに警官《けいかん》たちはいっせいにローズに襲《おそ》いかかる。

「つかまえろ――！」

ぼう然《ぜん》と立《た》っているローズに向《む》かって、モモがジャンプして飛《と》びかかった。

そのトンファーが大《おお》きく振《ふ》り下《お》ろされる。

がその時《とき》、そのトンファーが、ガキン！　と大《おお》きな音《おと》とともに止《と》められた。

「なっ!?」

「くっ……！」

二人《ふたり》のあいだに入《はい》ったのはクイーンだった。

クイーンは必死《ひっし》に歯《は》を食《く》いしばり、モモのトンファーを食《く》い止《と》めている。

モモもトンファーに力《ちから》をこめるが、まったく動《うご》かない。

「ぐぎぎ……、現《あらわ》れたね、怪盗《かいとう》クイーン！」

「私《わたし》の剣《けん》で切《き》れないなんてやるじゃない」

クイーンとモモが互《たが》いの力《ちから》を武器《ぶき》に通《かよ》わせ、つばぜり合《あ》いの形《かたち》で止《と》まる。力《ちから》が均衡《きんこう》して、クイーンはその場《ば》を動《うご》けなくなった。

「スペード！」

「ああ、わかっている！」

スペードは華麗《かれい》にジャンプし、噴水《ふんすい》の噴《ふ》き出《だ》し口《ぐち》を足《あし》で押《お》さえた。あたり一面《いちめん》にシャワーのように水《みず》が飛《と》び散《ち》る。

「『アイスショット』！」

そのシャワーに向《む》かって、スペードが冷却光線《れいきゃくこうせん》を放《はな》つと、水《みず》のしぶきがたちまち凍《こお》りつき、ギンコとモモたちの上《うえ》から氷《こおり》の雨《あめ》が降《ふ》りそそぐ。

「きゃあ！」

「いたたたっ！」

警官《けいかん》たちがひるんでいるすきに、スペードは頭上《ずじょう》に大《おお》きくガムをふくらませて、ローズを抱《だ》きかかえた。

ガムは『バルーンガム』といって、ジョーカーやスペードたちが持《も》つ怪盗道具《かいとうどうぐ》の一《ひと》つだ。風船《ふうせん》ガムのように噛《か》んでふくらませると、なかの気体《きたい》が化学反応《かがくはんのう》を起《お》こして、空気《くうき》よりも軽《かる》くなる。それを頭上《ずじょう》にかかげれば、まるでアドバルーンのように、ある程度《ていど》の重《おも》さを宙《ちゅう》に浮《う》かせることができるのだ。

「きゃっ」

小《ちい》さな悲鳴《ひめい》を上《あ》げたローズを持《も》ち上《あ》げ、スペードはそのまま空《そら》へのぼっていく。

続《つづ》いてクイーンも同《おな》じように空《そら》へ飛《と》んだ。

「こらぁ、待《ま》ちなさい！　スペード、クイーン！」

「また会《あ》おう、皆《みな》さん！　アディオス！」

スペードの声《こえ》が響《ひび》いた直後《ちょくご》、その姿《すがた》が一瞬《いっしゅん》のうちに見《み》えなくなる。

「なっ、消《き》えた……!?」

あわてて警官《けいかん》たちが見回《みまわ》したが、あとには真《ま》っ暗《くら》な夜《よる》の闇《やみ》しか残《のこ》っていなかった。

3 再会《さいかい》

そのころ、屋敷《やしき》の反対側《はんたいがわ》では、警報《けいほう》を鳴《な》らしながら赤《あか》いパトランプが回《まわ》り、サーチライトがめまぐるしく動《うご》き回《まわ》っていた。虫一匹《むしいっぴき》決《けっ》して見逃《みのが》すまいと、すきまなく空《そら》を警戒《けいかい》しているのがわかる。

屋上《おくじょう》から、屋敷《やしき》の茂《しげ》みに飛《と》び降《お》りた黒《くろ》い影《かげ》があった。

先《さき》ほど黄金《おうごん》のかんざしを盗《ぬす》み出《だ》したシャドウだ。シャドウは手首《てくび》についた手錠《てじょう》を、傘《かさ》の先《さき》の熱《ねつ》で焼《や》き切《き》って投《な》げ捨《す》てる。

「チッ、地上《ちじょう》から脱出《だっしゅつ》するしかないな」

空《そら》から逃《に》げるのをあきらめ、庭園《ていえん》をすばやく走《はし》り抜《ぬ》ける。こんな時《とき》のために、庭園《ていえん》のすみにシャドウの愛車《あいしゃ》、『ブラックスピーダー』というバイクをこっそり隠《かく》してあった。

シャドウは高揚《こうよう》していた。

ついにジョーカーよりも先《さき》に、お宝《たから》を手《て》に入《い》れたのだ。

あとはこいつを使《つか》って……。

シャドウは、胸元《むなもと》に入《い》れたかんざしに手《て》をやる。

シャドウの頭《あたま》にローズの顔《かお》が浮《う》かんだ。

ローズには今回《こんかい》のことは言《い》っていない。こっそり一人《ひとり》でやってきたのだった。

シャドウは、庭園《ていえん》のわき道《みち》を通《とお》り、森《もり》のなかの茂《しげ》みを抜《ぬ》ける。目《め》の前《まえ》に大《おお》きなガラス張《ば》りの温室《おんしつ》が建《た》っていた。

その横《よこ》を通《とお》り過《す》ぎようとした時《とき》に、背後《はいご》から声《こえ》が聞《き》こえた。

「お兄《にい》ちゃん」

「!?」

シャドウが驚《おどろ》いて振《ふ》り返《かえ》る。

「ローズ……!」

そこには息《いき》を弾《はず》ませながら立《た》っているローズがいた。

「どうしてここへ?」

「お兄《にい》ちゃんこそ、どうして一人《ひとり》で行《い》っちゃったの? 追《お》いかけてきたら急《きゅう》に爆発《ばくはつ》する音《おと》が聞《き》こえたから……」

「そ、それは……」

「何《なに》か一人《ひとり》で企《たくら》んでるのね？」

ローズがちょっと怒《おこ》ったようにのぞきこむ。

この顔《かお》にシャドウは弱《よわ》い。

「い、いやその……」

シャドウは胸元《むなもと》に思《おも》わず手《て》をやる。

「そこに盗《ぬす》んだお宝《たから》が入《はい》ってるのね？　いったい何《なに》を盗《ぬす》んだの？」

「これは……」

「何《なに》？　私《わたし》には見《み》せられないの？」

「う……」

と、シャドウがローズを見《み》て、何《なに》か言《い》おうとしたその時《とき》だった。

「見《み》つけたぞ！　シャドウ・ジョーカー！」

「⁉」

再《ふたた》び振《ふ》り返《かえ》ると、そこには手元《てもと》に縄《なわ》のついた手錠《てじょう》をかかげて、仁王立《におうだ》ちしている鬼山《おにやま》がいた。

「激逮捕《げきたいほ》だぁ――っ！」

鬼山《おにやま》が手錠《てじょう》を振《ふ》り回《まわ》しながらこちらへ向《む》かって走《はし》ってくる。

「くっ……！」

シャドウはすさかず傘《かさ》をかまえ、「ブラッディ・レイン！」と光線《こうせん》を放《はな》った。

が、鬼山《おにやま》もなかなか動《うご》きがすばやい。シャドウの光線《こうせん》を左右《さゆう》にジャンプしてよけ続《つづ》ける。

「何《なに》っ⁉」

「ハハハ、警察《けいさつ》をなめるなぁ！」

「ちょこざいな！」

シャドウはますます激《はげ》しく光線《こうせん》を放《はな》つ。

しかし鬼山《おにやま》も負《ま》けてはいない。必死《ひっし》に光線《こうせん》をよけながら、どんどんシャドウへ向《む》かって走《はし》りこんできた。

「ぐっ！」

シャドウはローズを抱《かか》えこみ、後《うし》ろへ飛《と》んだ。

「お兄《にい》ちゃん、私《わたし》がやろうか？」

「下《さ》がってろ！　あいつはこの場《ば》で仕留《しと》めてやる！」

シャドウはローズを体《からだ》の後《うし》ろへ隠《かく》すと、振《ふ》り返《かえ》ってギロリと鬼山《おにやま》をにらみつけた。

傘《かさ》を顔《かお》の位置《いち》まで上《あ》げ、傘先《かささき》を鬼山《おにやま》に向《む》けて、まるでライフルのスコープのようにのぞきこむ。

「スナイプ・モード！　『ブラッディ・レイン』！」

光線《こうせん》が放《はな》たれると、いつもより正確《せいかく》にその狙《ねら》いに向《む》かって進《すす》んでいく。

光線《こうせん》は鬼山《おにやま》の足《あし》に命中《めいちゅう》した。

「がっ……」

鬼山《おにやま》が足《あし》を押《お》さえて、その場《ば》にうずくまる。

「へっ、これでもう追《お》ってくることもねえ。ローズ、大丈夫《だいじょうぶ》か？」

とシャドウが振《ふ》り返《かえ》ると、なぜかそこにローズの姿《すがた》はなかった。

「ローズ？」

その時《とき》だった。

「ハハハハハハッ！」

「!?」

聞《き》き覚《おぼ》えのある笑《わら》い声《ごえ》が、頭上《ずじょう》から聞《き》こえた。

その声《こえ》は、この世《よ》のすべての声《こえ》のなかで一番憎《いちばんにく》らしく、腹立《はらだ》たしく、そしてシャドウの気持《きも》ちを高《たか》ぶらせる調子《ちょうし》を持《も》って、夜《よる》の闇《やみ》に響《ひび》きわたった。

シャドウが見上《みあ》げると、ローズがバルーンガムを手《て》に、ふわふわと浮《う》いている。

「あいかわらず妹《いもうと》に弱《よわ》いな、シャドウ！」

ローズの体《からだ》が、先《さき》ほどと同《おな》じようにぷぅっとふくれ、パン！　と音《おと》を立《た》てて弾《はじ》け飛《と》んだ。

「ぐっ……！」

なかから現《あらわ》れた少年《しょうねん》を見《み》て、シャドウは奥歯《おくば》を噛《か》みしめる。

真《ま》っ赤《か》なスーツに青《あお》いシルクハット、胸《むね》にはキラリと『J《ジェイ》』の文字《もじ》が光《ひか》り、形《かたち》のよいエナメルの靴《くつ》を履《は》いている。風《かぜ》にあおられてパープルのマントが揺《ゆ》れた。

艶《つや》やかな銀髪《ぎんぱつ》は、今《いま》はきれいにセットされ、ゴーグルで覆《おお》われた真《ま》っ青《さお》な瞳《ひとみ》の奥《おく》に、澄《す》みきった光《ひかり》が輝《かがや》いている。口《くち》を大《おお》きく開《あ》けて高《たか》らかに響《ひび》く笑《わら》い声《ごえ》が、自信《じしん》に満《み》ちあふれていた。

もうみっともない寝巻《ねま》き姿《すがた》ではない。

彼《かれ》こそは、怪盗《かいとう》ジョーカー……！

「ぐぐ……、ジョーカーっ！」

そう、先《さき》ほどのローズは、ジョーカーが『イメージガム』を使《つか》って変装《へんそう》していたのだ。

『イメージガム』とは、ジョーカーの持《も》つ怪盗道具《かいとうどうぐ》の一《ひと》つで、ガムを大《おお》きくふくらませて、そこに脳《のう》からイメージを信号《しんごう》で伝《つた》えることにより、思《おも》いどおりの形《かたち》に変《か》えることができる。それを体《からだ》にまとって変装《へんそう》したり、さまざまな物《もの》を作《つく》り出《だ》すこともできるのだ。

背後《はいご》で鬼山《おにやま》の体《からだ》もぷぅっとふくれ上《あ》がり、パン！　と弾《はじ》けた。なかからハチが申《もう》し訳《わけ》なさそうに現《あらわ》れる。

「貴様《きさま》っ、よりによってローズに化《ば》けるとは……。許《ゆる》さねえっ！」

「へへっ、遅《おそ》くなって悪《わる》かったな。でも、俺《おれ》の代《か》わりにコイツを盗《ぬす》み出《だ》してくれて助《たす》かったよ」

ジョーカーは目《め》の前《まえ》に黄金《おうごん》のかんざしをかかげて笑《わら》った。

シャドウの瞳《ひとみ》が、怒《いか》りで瞬時《しゅんじ》に燃《も》え上《あ》がる。

そしてすばやく傘《かさ》をかまえ、中空《ちゅうくう》に向《む》かって、かけ声《ごえ》もなく光線《こうせん》を放《はな》った。光線《こうせん》がバルーンガムを貫《つらぬ》き、ジョーカーは地面《じめん》に落《お》とされる。

「わわわ！　いつもみたいに技《わざ》の名前《なまえ》を言《い》えよ！」

ジョーカーがあわてて逃《に》げながら叫《さけ》ぶ。

「やかましい！　今《いま》すぐ殺《ころ》してやる！」

シャドウは光線《こうせん》を連発《れんぱつ》しながら、ジョーカーに襲《おそ》いかかる。

「わわっ、待《ま》てってて！　シャドウ！」

ジョーカーはひょいひょいと飛《と》んで、光線《こうせん》をギリギリでよけ続《つづ》ける。そしてくるりと宙《ちゅう》返《がえ》りして、地面《じめん》に降《お》り立《た》った。

二人《ふたり》は大《おお》きな温室《おんしつ》の前《まえ》で向《む》かい合《あ》う。

「ちょこまか逃《に》げやがって！　あいかわらず逃《に》げるのだけはうまいな！　お宝《たから》をかすめ取《と》って逃《に》げ帰《かえ》るだけ、いつものお前《まえ》の姑息《こそく》な手口《てぐち》だ！　昔《むかし》から変《か》わらない、臆病者《おくびょうもの》のジャックめ！」

「む……なんだと？」

シャドウの言葉《ことば》にジョーカーの目《め》つきが変《か》わる。

ジャックとは、ジョーカーが幼《おさな》いころの名前《なまえ》だ。その名前《なまえ》で呼《よ》ばれると、とたんにあのころの気持《きも》ちがよみがえる。

二人《ふたり》が出会《であ》ったあのころに……。

ジョーカーはマントをバサッとひるがえして、向《む》き直《なお》った。

「ハチ、先《さき》に帰《かえ》ってろ！」

「え？　でも……」

「いいから行《い》け！　オレはこいつと決着《けっちゃく》をつける」

どうやらシャドウの挑発《ちょうはつ》は、ジョーカーの心《こころ》に火《ひ》をつけてしまったらしい。

ジョーカーは、懐《ふところ》からカードを出《だ》して、シャドウをにらみつける。その瞳《ひとみ》はシャドウと同《おな》じ、するどい光《ひかり》に満《み》ちていた。

「ジョーカーさん……」

「さあ来《こ》い！」

「望《のぞ》むところだ！」

シャドウは傘《かさ》をくるりとにぎり直《なお》して、ジョーカーの頭上《ずじょう》へ飛《と》んだ。

「上《うえ》!?」

シャドウはジョーカーの真上《まうえ》、空中《くうちゅう》で傘《かさ》を下《した》に向《む》けてかまえる。

「新《あたら》しく生《う》み出《だ》した、俺《おれ》の技《わざ》を喰《く》らえ！　『黒き星の大爆発《ブラックホール・ビッグバン》』！」

「なっ……だせえ！」

「やかましい！」

傘《かさ》はジョーカーに向《む》けて、まっすぐに落《お》ちてくる。

「！……」

ジョーカーは身《み》の危険《きけん》を感《かん》じてとっさによけた。

直後《ちょくご》、シャドウの傘《かさ》は地面《じめん》に突《つ》き刺《さ》さる。ドン！　とすさまじい爆発音《ばくはつおん》がして、その周《しゅう》囲《い》にまるでいん石《せき》が落《お》ちたようなクレーターができあがった。

「なんだこれ、あっぶねえ……！」

「チッ、はずしたか！」

シャドウは傘《かさ》をかまえ直《なお》すと、すかさずジョーカーに向《む》けて飛《と》んだ。

剣《けん》のように傘《かさ》を振《ふ》りかぶってジョーカーに向《む》けて振《ふ》り下《お》ろす。ジョーカーはとっさにカードで傘《かさ》をキン！　と受《う》け止《と》め、さらに手首《てくび》をくるりと返《かえ》して、シャドウの攻撃《こうげき》を体《からだ》の横《よこ》へ受《う》け流《なが》していく。

すさまじい勢《いきお》いで振《ふ》り回《まわ》される傘《かさ》を、ジョーカーは的確《てきかく》にすばやくかわしていった。

「ジョーカー！　そうやって攻撃《こうげき》しないつもりか！」

「ぐっ……！」

「とっととあのくだらねえ手品《てじな》を見《み》せてみろ！」

「手品《てじな》だと……。だったらやってやる！」

ジョーカーは一声叫《ひとこえさけ》ぶと、後《うし》ろに大《おお》きく飛《と》んでくるりと宙《ちゅう》で一回転《いっかいてん》した。その体勢《たいせい》のまま、五枚《ごまい》のカードを胸《むね》の正面《しょうめん》で扇型《おうぎがた》にかかげる。

「『ストレート・フラッシュ』！」

ジョーカーが叫《さけ》ぶと、その手《て》に並《なら》べられた、ハートのA《エース》、2《デュース》、3《トレイ》、4《ケイト》、5《シンク》のカードが強《きょう》烈《れつ》なまばゆい光《ひかり》を放《はな》った。

「ぐっ……！」

シャドウの目《め》を強《つよ》い光《ひかり》が襲《おそ》う。

強《つよ》い光《ひかり》で相手《あいて》の目《め》をくらませ、そのすきに次《つぎ》の行動《こうどう》を取《と》るジョーカーの必殺技《ひっさつわざ》だ。

――が、シャドウはそれも承知《しょうち》の上《うえ》だった。

幾度《いくど》となく、その技《わざ》は見《み》ている。

光《ひかり》が来《く》ることは計算《けいさん》ずみだった。帽子《ぼうし》のつばを瞬時《しゅんじ》に下《お》ろして、光《ひかり》をさえぎる。

たしかに強《つよ》い光《ひかり》は敵《てき》の目《め》を大《おお》きくくらませることができる。が、光《ひかり》を発《はっ》することは、攻《こう》撃《げき》と同時《どうじ》に、自分《じぶん》の居場所《いばしょ》を知《し》らせるリスクをも背負《せお》っているのだ。

すなわち……光《ひかり》の発《はっ》せられる場所《ばしょ》こそ、ジョーカーがいる場所《ばしょ》！

シャドウは発光《はっこう》の方向《ほうこう》を確認《かくにん》し、その場所《ばしょ》に向《む》かって正確《せいかく》に傘《かさ》の先《さき》をかまえた。

「『ブラッディ・レイン』！」

シャドウの赤《あか》い光線《こうせん》は、『ストレート・フラッシュ』の光《ひかり》をまっすぐにさかのぼり、その中心《ちゅうしん》を的確《てきかく》にとらえた。

「！……」

手《て》ごたえがあった。

「ハハッ！　どうだ、ジョーカー！」

光《ひかり》が途絶《とだ》えたと同時《どうじ》にシャドウが見上《みあ》げる。

扇形《おうぎがた》に並《なら》んだ五枚《ごまい》のカードの中心《ちゅうしん》を、シャドウの光線《こうせん》が貫《つらぬ》いた跡《あと》があった。

——が、そこにジョーカーはいなかった。

「!?」

なんとカードは宙《ちゅう》に浮《う》いていたのだ。その上《うえ》には小《ち》さくふくらませたバルーンガムがふわりと浮《う》かんでいる。

「なに……！」

「ハハハ、詰《つ》めが甘《あま》かったな。シャドウ！」

背後《はいご》からジョーカーの笑《わら》い声《ごえ》が聞《き》こえた。

「ぐっ……！」

シャドウが振《ふ》り返《かえ》ると、ジョーカーが温室《おんしつ》の屋根《やね》からこちらを見下《みお》ろしている。サーチライトの光《ひかり》が温室《おんしつ》のガラスに反射《はんしゃ》し、その姿《すがた》を照《て》らし出《だ》した。

シャドウは暗闇《くらやみ》のなかからジョーカーをにらみ返《かえ》し、ニヤリと笑《わら》う。

「やるじゃねえか……。こうでなくっちゃつまらねえ！」

「ああ、面白《おもしろ》くなってきた！」

その時《とき》、時計塔《とけいとう》の鐘《かね》が鳴《な》りはじめた。

ゴーン！　ゴーン！　ゴーン！……。

12時《じ》の鐘《かね》が、闇《やみ》のなかに響《ひび》きわたっていく。

ハチは少《すこ》しはなれたところで、戦《たたか》いを見《み》つめていた。

二人《ふたり》の少年《しょうねん》が静《しず》かに向《む》かい合《あ》う。

光《ひかり》と影《かげ》——。

影《かげ》は光《ひかり》を狙《ねら》い続《つづ》け、光《ひかり》は影《かげ》を受《う》け止《と》める。

彼《かれ》らは、互《たが》いの実力《じつりょく》を確《たし》かめるかのように、戦《たたか》いをくり広《ひろ》げていた。

それぞれが相手《あいて》の力《ちから》を侮《あなど》らず、その二手《にて》三手《さんて》先《さき》を行《い》こうと試《こころ》み、高《たか》みへ登《のぼ》りつめていこうとする戦《たたか》いだった。まるで二人《ふたり》にしかわからない山《やま》の頂《いただ》きが見《み》えているように……。

時計塔《とけいとう》の鐘《かね》が鳴《な》り終《お》わった。

「…………」

ジョーカーは何《なに》かを感《かん》じた。

違和感《いわかん》をおぼえたのか、そっと思案《しあん》する。

が、その思案《しあん》はシャドウの叫《さけ》び声《ごえ》によってさえぎられた。

「行《い》くぞ、ジョーカー！」

シャドウがジョーカーに再《ふたた》び襲《おそ》いかかったその時《とき》だった。

バシュッ！

温室《おんしつ》の奥《おく》の茂《しげ》みがキラリと光《ひか》ったと思《おも》うと、二人《ふたり》の頭上《ずじょう》に何《なに》かが走《はし》る。

「！……」

ジョーカーが見上《みあ》げると、真《ま》っ黒《くろ》な雲《くも》にまぎれて、細《こま》かい網目《あみめ》のようなものが見《み》えた。

「くっ！」

瞬時《しゅんじ》にくるりと身《み》をひるがえし、ジョーカーは迫《せま》るシャドウの横腹《よこばら》に思《おも》いっきりキックを喰《く》らわせた。

「がぁっ！」

シャドウの体《からだ》が、ジョーカーから離《はな》れて数《すう》メートルほど飛《と》び、地面《じめん》に落下《らっか》した。

同時《どうじ》にジョーカーの体《からだ》を、頭上《ずじょう》から大《おお》きな網《あみ》が包《つつ》みこんだ。冷《つめ》たくかたい網《あみ》が、ジョーカーの体《からだ》をしめつける。

「！……」

鋼鉄《こうてつ》でできた網《あみ》にとらえられ、ジョーカーは温室《おんしつ》から落《お》ちて、体《からだ》を地面《じめん》に打《う》ちつけた。

「ぐ……！」

「ハッハッハ！　ついにとらえたぞ、怪盗《かいとう》ジョーカー！」

茂《しげ》みから、鬼山《おにやま》が短《みじか》い足《あし》をばたつかせながら、こちらに向《む》かって走《はし》ってくる。こちらは本物《ほんもの》の鬼山《おにやま》だ。

「ジョーカーさん！」

ハチがこちらへ向《む》かって走《はし》ってくるのを見《み》て、ジョーカーは叫《さけ》んだ。

「来《く》るな、ハチ！」

見《み》ると、鬼山《おにやま》の後《うし》ろからたくさんの警官《けいかん》たちが、大《おお》きな筒《つつ》のようなものを構《かま》えて走《はし》ってくるのが見《み》えた。あの筒《つつ》が網《あみ》を発射《はっしゃ》する装置《そうち》らしい。

「で、でも……」

「いいから逃《に》げろ、ハチ！」

その時《とき》、警官《けいかん》たちがハチに向《む》けて網《あみ》を発射《はっしゃ》した。

バシュッ！

音《おと》とともに、ハチの目《め》の前《まえ》で網《あみ》が飛《と》び散《ち》り、ハチの体《からだ》を包《つつ》まんと広《ひろ》がった。

とその時《とき》、ハチの体《からだ》をグッと抱《だ》き上《あ》げた手《て》があった。

シャドウだった。

シャドウはハチを抱《かか》えて横《よこ》へ飛《と》びながらすばやく傘《かさ》をかかげ、くるくると回《まわ》してヘリコプターのように浮《う》き上《あ》がった。

鉄網《てつあみ》の捕縛《ほばく》をのがれ、ハチとシャドウの二人《ふたり》は夜空《よぞら》へ舞《ま》い上《あ》がっていく。

「ジョーカーさ――んっ！」

ハチの悲痛《ひつう》な叫《さけ》び声《ごえ》が真《ま》っ暗《くら》な闇《やみ》のなかに響《ひび》く。

地上《ちじょう》では、鬼山《おにやま》がジョーカーのかたわらへたどりついたところだった。

網《あみ》のなかでもがいているジョーカーを見下《みお》ろし、高《たか》らかに笑《わら》い上《あ》げる。

「ガハハハハッ！　怪盗《かいとう》ジョーカー、ここに召《め》し捕《と》ったりぃっ！　激《げき》！　激《げき》！　激逮捕《げきたいほ》だぁぁあっ！」

いつもにも増《ま》して大《おお》きな声《こえ》で、鬼山《おにやま》は歓喜《かんき》の雄《お》たけびを上《あ》げた。


庭園《ていえん》のはずれ、警官《けいかん》のいない静《しず》かな橋《はし》のたもとで、真《ま》っ黒《くろ》なイメージガムがパン！　と弾《はじ》けた。

なかからスペードとクイーン、ローズが現《あらわ》れる。

スペードはイメージガムを真《ま》っ黒《くろ》に変《か》えて、全員《ぜんいん》の体《からだ》を包《つつ》み、夜《よる》の闇《やみ》のなかにまぎれたのだった。

ローズは草《くさ》むらに降《お》り立《た》ち、スペードとクイーンをそっと見上《みあ》げる。

もちろんこちらは本物《ほんもの》のローズだ。

「あ、ありがとう、助《たす》けてくれて……」

ローズは小《ちい》さい声《こえ》でつぶやいた。

「びっくりしたわよ、急《きゅう》に超能力《ちょうのうりょく》を解《と》いちゃうんだもの」

その言葉《ことば》にローズは小《ちい》さく驚《おどろ》いた。

「ずっと見《み》てたの？」

「ええ、見《み》てたわよ」

「……」

ローズはうつむいた。

「あの探偵《たんてい》、速水京太郎《はやみきょうたろう》と知《し》り合《あ》いなの？」

クイーンは面識《めんしき》はないが、情報《じょうほう》として速水《はやみ》のことは頭《あたま》に入《はい》っていた。日本《にほん》の天才高校生《てんさいこうこうせい》探偵《たんてい》というふれこみで、幾度《いくど》かジョーカーと対決《たいけつ》したことは知《し》っている。

ローズとの接点《せってん》は思《おも》い当《あ》たらない。

「……」

ローズは困《こま》ったようにうつむいたままだった。

「……話《はな》したくないなら無理《むり》に話《はな》さなくてもいいわ。私《わたし》たちだっていろんな事情《じじょう》を抱《かか》えてるもの」

クイーンはかばうように、優《やさ》しくローズに告《つ》げる。

同《おな》じくらいの年ごろの二人《ふたり》だが、どことなく控《ひか》え目《め》なローズは、クイーンにとっても年《とし》下《した》の妹《いもうと》のように感《かん》じられるのかもしれない。

「ありがとう……」

おそらく速水《はやみ》と何《なに》かあったにちがいない。

クイーンはスペードを振《ふ》り返《かえ》った。

「スペード、どうやらジョーカーとシャドウのどちらかが、〈黄金菊《おうごんぎく》〉を手《て》に入《い》れちゃったみたいよ。どうする？」

が、後《うし》ろにいたスペードは返事《へんじ》をしなかった。

「スペード？」

振《ふ》り返《かえ》ると、スペードは手《て》で頭《あたま》を押《お》さえ、立《た》っているのもつらそうに体《からだ》を揺《ゆ》らしていた。

「どうしたの!?」

「スペードさん！」

二人《ふたり》の問《と》いかけに答《こた》えず、スペードは小《ちい》さく吐息《といき》を「う……」ともらして、その場《ば》にドサリと倒《たお》れこんでしまった。

4 ひと月《つき》前《まえ》の事《じ》件《けん》

厚《あつ》い雲《くも》に隠《かく》れて、二頭《にとう》のサメの形《かたち》を模《も》した飛行船《ひこうせん》が浮《う》いている。

スペードの飛行船《ひこうせん》、『ツインサンダーシャーク』だった。

その寝室《しんしつ》のベッドでは、真《ま》っ白《しろ》なシーツの上《うえ》に寝《ね》かされたスペードが、真《ま》っ白《しろ》な羽根布団《はねぶとん》を掛《か》け、小刻《こきざ》みに荒《あら》い寝息《ねいき》を立《た》てていた。

そのかたわらでは、顔《かお》の包帯《ほうたい》をはずしたダークアイが、スペードを不安《ふあん》そうに見下《みお》ろしている。

ダークアイの中身《なかみ》は、アイという名前《なまえ》の、顔立《かおだ》ちの整《ととの》った美女《びじょ》だった。スペードやクイーンよりも少《すこ》し年上《としうえ》だろうか、エメラルドグリーンの髪《かみ》はボブカットに短《みじか》く切《き》りそろえられ、同《おな》じくグリーンの瞳《ひとみ》が、スペードを心配《しんぱい》そうに見下《みお》ろしている。

「大丈夫《だいじょうぶ》かしら？」

となりからクイーンが不安《ふあん》そうにのぞきこんだ。

「今《いま》は少《すこ》し落《お》ち着《つ》いたようです。このところ休《やす》みなく働《はたら》いていましたので、お疲《つか》れだったのでしょう……」

体温計《たいおんけい》を見《み》ながらアイが答《こた》える。微熱《びねつ》だったのか、ホッと胸《むね》をなでおろす。

「スペードさんは、よくこんなふうにお熱《ねつ》を出《だ》してしまうの？」

クイーンのとなりから、ローズが心配《しんぱい》そうに言《い》った。

草原《そうげん》で倒《たお》れたスペードを、クイーンと二人《ふたり》でここまで連《つ》れてきたのだった。

「ええ、ご無理《むり》をするとお熱《ねつ》が出《で》てしまうことが多《おお》いのです。しばらく安静《あんせい》にしていれば治《なお》るのですが……」

とアイがつぶやく。

「やっぱり……私《わたし》を助《たす》けるために、水《みず》のなかに入《はい》ったりしたから無理《むり》してしまったのね……」

ローズは申《もう》し訳《わけ》なさそうに言《い》った。

「あなたのせいじゃないわ。スペードはすぐお熱《ねつ》を出《だ》しちゃうのよ。いつものことだから気《き》にしない、気《き》にしない！」

クイーンはローズを励《はげ》ますように肩《かた》をポンポンとたたくと、監視《かんし》カメラを見《み》ているロコに声《こえ》をかけた。

「ロコ、様子《ようす》はどう？」

「監視《かんし》カメラを巻《ま》き戻《もど》して見《み》ましたが、〈小町《こまち》の黄金菊《おうごんぎく》〉を盗《ぬす》み出《だ》したのはシャドウのようですね」

「やっぱり……」

クイーンはそれを聞《き》いて、あごにそっと指《ゆび》を当《あ》てる。

「だったらもうお屋敷《やしき》に〈黄金菊《おうごんぎく》〉はないってことよね？　どうしてまだ警官《けいかん》たちがたくさんいるのかしら？」

「おそらく、彼《かれ》のせいでしょうね」

と、ロコはその長《なが》い耳《みみ》で画面《がめん》を指《さ》した。

画面《がめん》には大広間《おおひろま》が映《うつ》っていた。その真《ま》ん中《なか》に大《おお》きな檻《おり》が設置《せっち》されており、檻《おり》のなかには見覚《みおぼ》えのある赤《あか》いスーツの少年《しょうねん》が椅子《いす》に縛《しば》られて、座《すわ》らされていた。

「ジョーカーじゃない……！」

「どうやら鬼山《おにやま》につかまったらしいです。〈黄金菊《おうごんぎく》〉を盗《ぬす》んだシャドウから、さらにお宝《たから》を盗《ぬす》み取《と》ったらしくて、ここに」

「でも、だったらどうしてこんな場所《ばしょ》に入《い》れられてるの？　警察《けいさつ》に連《つ》れていけばいいじゃない？」

「その理由《りゆう》は一《ひと》つでしょうね」

「なるほど……、〈黄金菊《おうごんぎく》〉を持《も》ってないのね」

おそらくジョーカーはつかまる前《まえ》にどこかへ隠《かく》したのだ。

ジョーカーが盗《ぬす》んだ品《しな》を持《も》っていない以上《いじょう》、完璧《かんぺき》につかまえたことにはならない。鬼山《おにやま》はジョーカーから〈黄金菊《おうごんぎく》〉を取《と》り返《かえ》したうえで、彼《かれ》をつかまえたいのだ。

クイーンはゆっくりと腕《うで》を組《く》んだ。

「ジョーカーが隠《かく》した場所《ばしょ》はわかる？」

「いえ、わかりません。網《あみ》でつかまって、そのままここへ連《つ》れてこられてます」

「ってことは、本人《ほんにん》に聞《き》くしかないってことね……」

クイーンは小《ちい》さくつぶやくと、画面《がめん》のなかのジョーカーをにらみつける。

ジョーカーはあいかわらずのおとぼけ面《づら》で、口笛《くちぶえ》を吹《ふ》いていた。

「よし、ジョーカーのところへ行《い》きましょう」

「ええっ、一人《ひとり》でですか？」

ロコが不安《ふあん》そうに振《ふ》り返《かえ》る。

「それくらい平気《へいき》よ。さっきだって手応《てごた》えがないくらいだったんだから！」

クイーンは元気《げんき》に答《こた》えるが、ロコは不安《ふあん》そうに見上《みあ》げる。

「そうですけど……」

その時《とき》、ロコの横《よこ》からローズが言《い》った。

「なら、私《わたし》も連《つ》れてってくれない？」

「え？」

「私《わたし》もここへ行《い》きたいの……」

ローズは大広間《おおひろま》の映《うつ》った画面《がめん》を横目《よこめ》で見《み》て、クイーンに告《つ》げる。

「ふうん……、それは速水《はやみ》に会《あ》うため？」

画面《がめん》にはジョーカーと鬼山《おにやま》のほかに、それを見張《みは》る速水《はやみ》も映《うつ》っていた。

速水《はやみ》はゆっくりと車椅子《くるまいす》で部屋《へや》を回《まわ》りながら、ジョーカーに話《はな》しかけている。

「うん……。私《わたし》、速水《はやみ》さんに謝《あやま》らなきゃいけないことがあるの……」

「謝《あやま》る？」

「何《なに》かあったんですか？」

ロコが素直《すなお》にたずねる。

すると少《すこ》し間《ま》があったあと、ローズはポツリポツリと、話《はな》しはじめた。


一《いっ》ヶ月前《げつまえ》、シャドウとローズはシンガポールにいた。

パラダイスホテルという豪華《ごうか》なホテルで、『ブラックオパール』という高価《こうか》な宝石《ほうせき》が取引《とりひき》される。その宝石《ほうせき》をジョーカーが狙《ねら》っていると知《し》り、勇《いさ》んでやってきたのだ。

シャドウとローズは、広《ひろ》い敷地《しきち》を持《も》つホテルの屋上《おくじょう》に入《はい》りこんでいた。

「ローズ、ほんとうに大丈夫《だいじょうぶ》か？」

「まかせておいて。お兄《にい》ちゃんこそしっかりね」

「ああ、こっちは問題《もんだい》ねえ。やつらを闇《ダーク》へいざなってやるぜ」

シャドウは独特《どくとく》の言《い》い回《まわ》しで告《つ》げると、マントをバサッとはためかせて、入口《いりぐち》のほうへ飛《と》び降《お》りていった。

ローズはそのまま屋上《おくじょう》のダクトから建物《たてもの》のなかへ入《はい》っていく。

ふだんシャドウが仕事《しごと》を行《おこな》う時《とき》は、まず『ブラッディ・レイン』を使《つか》って、乱暴《らんぼう》に突入《とつにゅう》し、そのままお宝《たから》を強奪《ごうだつ》することが多《おお》い。

そもそもシャドウは綿密《めんみつ》な計画《けいかく》を立《た》てるのが苦手《にがて》なため、時《とき》として現場《げんば》でお宝《たから》を見《み》つけるのに手間《てま》取《ど》ることもあった。それに、乱暴《らんぼう》な攻撃《こうげき》には相手《あいて》も同《おな》じように抵抗《ていこう》してくることがよくある。

ローズが活躍《かつやく》するのはそんな時《とき》だ。

シャドウに向《む》けて銃《じゅう》をかまえた者《もの》たちの動《うご》きを、ローズの超能力《ちょうのうりょく》で止《と》め、そのすきにシャドウがお宝《たから》を見《み》つけ、その場《ば》からおさらばする。その際《さい》、ローズの姿《すがた》はだれにも見《み》られないよう、細心《さいしん》の注意《ちゅうい》をはらう。

もっかのところ、二人《ふたり》はこの方法《ほうほう》で仕事《しごと》をすることが多《おお》かった。

けれど、ローズもたまには自分《じぶん》でお宝《たから》のところへ潜入《せんにゅう》し、自《みずか》らの手《て》で盗《ぬす》み出《だ》してみたいと思《おも》うことがあった。警備員《けいびいん》たちの動《うご》きを止《と》め、そのあいだにお宝《たから》を華麗《かれい》かつ優雅《ゆうが》にいただいていく自分《じぶん》の姿《すがた》を想像《そうぞう》しては、いつかそういう日《ひ》が来《く》ることを願《ねが》っていた。

そのチャンスがめぐってきたのが、今回《こんかい》のミッションだった。

ジョーカーとシャドウが宝《たから》を狙《ねら》っていることがわかって、シンガポールの警察《けいさつ》は大量《たいりょう》の武器《ぶき》を用意《ようい》し、強固《きょうこ》な警備態勢《けいびたいせい》を敷《し》いたのだ。

そこで今回《こんかい》、シャドウはホテルのまわりで陽動作戦《ようどうさくせん》を行《おこな》い、警察《けいさつ》の目《め》をひきつけることにした。その混乱《こんらん》のすきに、ローズがなかへ潜入《せんにゅう》してお宝《たから》を盗《ぬす》み出《だ》す、という作戦《さくせん》だ。

「ダメだ！　ぜったい許《ゆる》さない！」

最初《さいしょ》、ローズがこの作戦《さくせん》を提案《ていあん》した時《とき》、シャドウはすぐに反対《はんたい》した。

「お前《まえ》が一人《ひとり》で入《はい》るのは危険《きけん》だ。なかには武装《ぶそう》した連中《れんちゅう》がたくさんいる」

「でも、私一人《わたしひとり》のほうがこっそり入《はい》れるわ。お兄《にい》ちゃんがいると、いつだって大騒《おおさわ》ぎになるじゃない。かえって警察《けいさつ》を刺激《しげき》することになるわ」

「ぐっ、たしかにそうだが……。でもお前《まえ》の力《ちから》も限界《げんかい》があるだろう」

「大丈夫《だいじょうぶ》よ。ちゃんと作戦《さくせん》があるんだから。力《ちから》を使《つか》うのを少《すこ》しですませることができる方法《ほうほう》も考《かんが》えてあるの。お兄《にい》ちゃんが外《そと》で思《おも》う存分《ぞんぶん》に暴《あば》れているあいだに、私《わたし》がお宝《たから》を持《も》ってきてあげる」

「だが……」

「それとも信用《しんよう》できないの？　たまには私《わたし》に行《い》かせてくれてもいいじゃない！」

ローズの目《め》がギロリと光《ひか》った。

「うっ……」

シャドウはローズの剣幕《けんまく》に少《すこ》しひるむ。

——以前《いぜん》、ローズが作《つく》った夕食《ゆうしょく》が、見《み》るも無残《むざん》なひどい有様《ありさま》になったことがあった。

その時《とき》シャドウはたいした意味《いみ》もなく、「これは食《く》いもんか？」とつぶやいてしまった。

その瞬間《しゅんかん》、ローズはこちらを振《ふ》り返《かえ》って、今《いま》と同《おな》じように目《め》を光《ひか》らせた。シャドウの体《からだ》は瞬時《しゅんじ》に動《うご》かなくなり、そして……。

その後《あと》何《なに》が起《お》きたかは思《おも》い出《だ》したくもない……。

シャドウの背筋《せすじ》がスッと冷《つめ》たくなった。

「……わ、わかった。今回《こんかい》だけだぞ」

「ほんとに！　やったぁ！　ありがとう、お兄《にい》ちゃん！」

ローズは満面《まんめん》の笑《え》みを浮《う》かべて飛《と》びはねた。

——ぜったいお兄《にい》ちゃんよりうまくやってみせるんだから！

そんな決心《けっしん》をかためたローズは、ダクトからホテルの洗濯室《せんたくしつ》に、ひらりと舞《ま》い降《お》りた。

バサリと黒《くろ》いマントを脱《ぬ》ぎ捨《す》てると、なかから従業員姿《じゅうぎょういんすがた》に変装《へんそう》したローズが現《あらわ》れる。

ローズの作戦《さくせん》――それは、ホテルの従業員《じゅうぎょういん》として入《はい》りこむことだった。

このホテルは従業員《じゅうぎょういん》の数《かず》が非常《ひじょう》に多《おお》く、すべての顔《かお》を把握《はあく》している人《ひと》はさほどいない。つまり、知《し》らない顔《かお》の人間《にんげん》がいてもバレにくいはずだ。

ローズは廊下《ろうか》をスタスタと進《すす》み、いろいろな人《ひと》と会釈《えしゃく》をかわしながら、お宝《たから》があるとされるフロアへまっすぐに近《ちか》づいていった。

外《そと》でシャドウが暴《あば》れはじめたのか、ホテルのなかはどたばたとあわただしく人《ひと》が駆《か》け回《まわ》っている。

やがてローズはお宝《たから》の部屋《へや》があるフロアへ、難《なん》なくたどりついた。

シャドウだったらこうはいかない。あとはフロアの警官全員《けいかんぜんいん》を止《と》めて、お宝《たから》を盗《ぬす》み出《だ》すだけだ。

ローズは微笑《ほほえ》んで、お宝《たから》のある部屋《へや》を角《かど》からのぞきこんだ。

とびらの前《まえ》に二人《ふたり》の警官《けいかん》が並《なら》び、その近《ちか》くに車椅子《くるまいす》に座《すわ》った一人《ひとり》の少年《しょうねん》がいた。

おかっぱ頭《あたま》をきれいにそろえてブレザーとスラックスを身《み》に着《つ》けている。年《とし》ごろは高校生《こうこうせい》くらいだろうか。

少年《しょうねん》は真剣《しんけん》な眼差《まなざ》しでお宝《たから》の部屋《へや》の入口《いりぐち》を入念《にゅうねん》にチェックしていた。

「あの人《ひと》も警察《けいさつ》の人《ひと》なのかしら……」

ローズが不思議《ふしぎ》に思《おも》ったその時《とき》だった。

「そこで何《なに》をしている！」

背後《はいご》からするどい男《おとこ》の声《こえ》が聞《き》こえ、ローズはハッと振《ふ》り返《かえ》った。

そこにはいかつい顔《かお》をした、屈強《くっきょう》な警官《けいかん》が立《た》っていた。

「あ、あの……お客様《きゃくさま》から呼《よ》び出《だ》しがありまして……」

「ここのフロアには宿泊客《しゅくはくきゃく》はいないはずだ。怪《あや》しいな……」

男《おとこ》はローズに近《ちか》づいて、ギロリとにらみつける。

どうする……力《ちから》を使《つか》っちゃおうかな……。

ローズが手《て》に力《ちから》をこめたその時《とき》だった。

「どうしたんや？」

ローズの後《うし》ろから、関西弁《かんさいべん》が聞《き》こえた。

振《ふ》り返《かえ》ると車椅子《くるまいす》の少年《しょうねん》が、すぐ後《うし》ろまでやってきていた。

警官《けいかん》が急《きゅう》にかしこまって、少年《しょうねん》に告《つ》げる。

「はっ、この従業員《じゅうぎょういん》が怪《あや》しい動《うご》きをしていましたので……」

「ちょっと小腹《こばら》が空《す》いたんで、ボクが呼《よ》んだんや」

「え？」

「ちがうんか？」

「え……あ、はい」

ローズが答《こた》えると、少年《しょうねん》は警官《けいかん》に振《ふ》り返《かえ》った。

「だから大丈夫《だいじょうぶ》や。さがってええで」

「はっ、承知《しょうち》いたしました！」

警官《けいかん》は丁寧《ていねい》に敬礼《けいれい》すると、歩《ある》き去《さ》っていった。

「はは、ビックリしたやろ？」

「ええ……」

警官《けいかん》の姿《すがた》が見《み》えなくなると、少年《しょうねん》はローズに向《む》かって柔《やわ》らかく微笑《ほほえ》んだ。

「フロアをまちがったんやな。ここはお宝《たから》と武装《ぶそう》した警察連中《けいさつれんちゅう》しかおらへんで」

「そ、そうなんですね」

どうやら少年《しょうねん》も警察《けいさつ》の人間《にんげん》のようだ。しかも指示《しじ》を出《だ》すほどの高《たか》い地位《ちい》にいるらしい。

「ちょうどええところや。小腹《こばら》が空《す》いたんはほんまやから、部屋《へや》に来《き》てくれるか？」

「え……」

ここで断《ことわ》って、変《へん》に疑《うたが》われてもマズイ。それに警備《けいび》について何《なに》か聞《き》けるかもしれない。

ローズは少年《しょうねん》について歩《ある》き出《だ》した。

道中《どうちゅう》、ローズは少年《しょうねん》の車椅子《くるまいす》を押《お》しながら、いろいろと話《はなし》をした。

少年《しょうねん》の名《な》が速水京太郎《はやみきょうたろう》ということ。日本《にほん》の探偵《たんてい》ではあるが、一年《いちねん》ほど前《まえ》に亡《な》くなったこのホテルのオーナーと交流《こうりゅう》があり、そんな折《おり》、オーナーの宝《たから》をジョーカーが狙《ねら》っていると聞《き》いて、その警備《けいび》を名乗《なの》り出《で》たこと。

そして今回予告状《こんかいよこくじょう》が届《とど》いた、ジョーカーとシャドウについて、非常《ひじょう》に深《ふか》く研究《けんきゅう》しているということ……。

「シャドウはジョーカーのライバルや。おそらく今《いま》、ある意味《いみ》では一番《いちばん》ジョーカーが恐《おそ》れている男《おとこ》と言《い》っても言《い》いすぎやないやろうな」

「そ、そうかしら……」

ローズはとまどいつつも、悪《わる》い気《き》はしなかった。

ふだんは厳《きび》しくて乱暴《らんぼう》で単純《たんじゅん》な兄《あに》と思《おも》うこともあるが、他《ほか》の人《ひと》に認《みと》められるとうれしいものだ。

「ああ、ジョーカーみたいな男《おとこ》は、自分《じぶん》にまっすぐに向《む》かってくるシャドウのような男《おとこ》がライバルとして気持《きも》ちええんやろうな。ジョーカーは頭《あたま》も良《よ》く、なんでもスマートにやってのけるから、反面《はんめん》、不器用《ぶきよう》で乱暴《らんぼう》だが熱《あつ》い情熱《じょうねつ》を持《も》ったシャドウが、ライバルとして合《あ》っとるんかもしれん」

「ええ……そうかもしれないですね」

ローズは速水《はやみ》に話《はなし》を合《あ》わせてたずねる。

「速水《はやみ》さんも、ジョーカーを追《お》いかける情熱《じょうねつ》を持《も》ってるんじゃないですか？」

「当《あ》たり前《まえ》や。ボクも探偵《たんてい》としてよく推理《すいり》をするが、だれもわからん謎《なぞ》を解《と》いたろう、だれかを驚《おどろ》かせよう、という情熱《じょうねつ》はだれよりも強《つよ》く持《も》っとる」

「やっぱり……そんな気《き》がしました」

二人《ふたり》は、ガラス窓《まど》から庭《にわ》の見《み》える通路《つうろ》を歩《ある》いていた。

夜《よる》の庭《にわ》はところどころ明《あ》かりが灯《とも》っているが、静《しず》まり返《かえ》っていてうっすらと暗《くら》い。シャドウが暴《あば》れているのは反対側《はんたいがわ》だろうか。

庭《にわ》の暗《くら》さに対《たい》して、ホテルの廊下《ろうか》は明《あか》るく、二人《ふたり》が歩《ある》く姿《すがた》がガラスに反射《はんしゃ》して映《うつ》っていた。

「速水《はやみ》さんが推理《すいり》をするところ、ちょっと見《み》てみたいです」

「はは、そんなんお安《やす》いご用《よう》や」

そう言《い》うとガラス越《ご》しに、速水《はやみ》はその冷静《れいせい》な顔《かお》を崩《くず》して、ニコッと笑《わら》った。

その顔《かお》は、思《おも》った以上《いじょう》に温《あたた》かい笑顔《えがお》だった。

「……速水《はやみ》さんはジョーカーを倒《たお》すのが夢《ゆめ》なんですね」

ローズは柔《やわ》らかい口調《くちょう》でたずねる。

「ああ、ボクは頭脳《ずのう》では負《ま》けへん。頭《あたま》の勝負《しょうぶ》でジョーカーを負《ま》かすのが夢《ゆめ》や。そして必《かなら》ずジョーカーをつかまえたる」

「なんか……おにい……いえ、シャドウと似《に》ている気《き》がします」

「ボクとシャドウがか？　ハハハ、それは光栄《こうえい》やな」

「ええ……」

ローズは速水《はやみ》の背中《せなか》を見《み》ながら、どこか兄《あに》に似《に》た親《した》しみを感《かん》じていた。

「たしかにジョーカーを追《お》いかけてるという点《てん》では、ボクとシャドウは通《つう》じるところがあるかもしれん。でも、シャドウはボクとはちがう点《てん》を持《も》っている気《き》がするんや」

「ちがう点《てん》？」

「なんやろうな。わからんけど、シャドウが心《こころ》に秘《ひ》めとる何《なに》か。たぶんそれがシャドウのあの単純《たんじゅん》でまっすぐな性格《せいかく》を、形作《かたちづく》っとる気《き》がするんや」

なんだろう……。ローズにも見当《けんとう》がつかなかった。

シャドウが速水《はやみ》とちがうところ……？

考《かんが》えなしなところや、乱暴《らんぼう》なところや、言葉《ことば》のチョイスが不思議《ふしぎ》なところなど、たくさんありすぎて選《えら》べない気《き》もするが、そういうことじゃないのかな……。

とその時《とき》、速水《はやみ》の携帯電話《けいたいでんわ》に連絡《れんらく》が入《はい》った。

「はい。……わかった、すぐ行《い》く」

と言《い》って速水《はやみ》は携帯電話《けいたいでんわ》を切《き》る。

「ジョーカーが現《あらわ》れた」

「え？」

「これからヤツをつかまえたる。キミも見《み》に来《き》いへんか？」

と言《い》って、速水《はやみ》は先《さき》ほどとはちがう、冷《つめ》たい微笑《ほほえ》みを見《み》せた。

ローズが案内《あんない》されたのは、お宝《たから》がある部屋《へや》のちょうど上《うえ》に位置《いち》する客室《きゃくしつ》だった。

「ここで監視《かんし》してるんや」

目《め》の前《まえ》のモニタには、ジョーカーとハチがお宝《たから》の部屋《へや》へ向《む》かって走《はし》っているところが映《うつ》し出《だ》されていた。

警官《けいかん》たちが抵抗《ていこう》しているが、まったく歯《は》が立《た》たず、ジョーカーたちはひょいひょいと華《か》麗《れい》にすり抜《ぬ》けながら通路《つうろ》を進《すす》んでいく。

その様子《ようす》を見《み》ながら速水《はやみ》は静《しず》かに語《かた》り出《だ》す。

「これからボクの推理《すいり》に基《もと》づいた、ジョーカーの行動《こうどう》パターンを見《み》せたる。同《おな》じお宝《たから》をシャドウも狙《ねら》っとる場合《ばあい》、ジョーカーはある決《き》まった行動《こうどう》を取《と》るんや……」

モニタのなかのジョーカーはお宝《たから》の部屋《へや》へたどりつき、難《なん》なくとびらを開《あ》けて、なかへすべりこむ。そして警官《けいかん》たちの混乱《こんらん》をついて、一瞬《いっしゅん》のうちに全員《ぜんいん》を倒《たお》してしまった。

「ここからが本番《ほんばん》や。本来《ほんらい》、ジョーカーはお宝《たから》を持《も》ってそのまま逃《に》げようとするやろう」

モニタのなかのジョーカーは、うれしそうに『ブラックオパール』を手《て》に取《と》った。

「が、今回《こんかい》はそうはいかへん」

とその時《とき》、部屋《へや》の窓《まど》をぶち破《やぶ》ってシャドウがなかへ飛《と》びこんできた。

「!?」

お兄《にい》ちゃん、今回《こんかい》は外《そと》で暴《あば》れるだけの予定《よてい》なのに……！

ローズは心《こころ》のなかで叫《さけ》ぶ。

「ボクは、シャドウをお宝《たから》の部屋《へや》へ誘導《ゆうどう》するよう指示《しじ》を出《だ》した。そしたらすぐに喰《く》らいつきおったわ」

まったく、単純《たんじゅん》なんだから……。それにやっぱり私《わたし》が信用《しんよう》できなかったのね……。

ローズはグッとこぶしをにぎりしめた。

が、速水《はやみ》は落《お》ち着《つ》いた口調《くちょう》で淡々《たんたん》と話《はなし》を続《つづ》けていく。

「ここで二人《ふたり》の出会《であ》いや。ここで問題《もんだい》や。ジョーカーとシャドウ、この二人《ふたり》が会《あ》ったら必《かなら》ずすることがあるんや」

「必《かなら》ずすること？」

「ああ、答《こた》えは子《こ》どものケンカ。今《いま》までの事件《じけん》を見《み》るにつけ、二人《ふたり》は会《あ》うと必《かなら》ずいさかいを起《お》こしとる。しかもとるにたらない理由《りゆう》で、くだらんケンカがはじまるんや」

すると速水《はやみ》の言《い》うとおり、モニタのなかで二人《ふたり》の言《い》い争《あらそ》いがはじまった。声《こえ》は聞《き》こえないが、おそらくいつもの売《う》り言葉《ことば》に買《か》い言葉《ことば》の悪口《わるぐち》の言《い》い合《あ》いだろう。

「…………」

ローズはあきれて何《なに》も言《い》えなくなった。

「ケンカをしとる時《とき》っちゅうのはまわりが見《み》えとらん。たとえそれが注意深《ちゅういぶか》いジョーカーであってもな。つまりその時《とき》こそ、ワナを張《は》るチャンスっちゅうわけや」

みょうに説得力《せっとくりょく》のある速水《はやみ》の言葉《ことば》に、ローズはうなずいてしまう。

「ならば、お宝《たから》の部屋《へや》にとっておきのワナを仕掛《しか》ければええ。これがジョーカーをつかまえる作戦《さくせん》……一種《いっしゅ》の推理《すいり》や」

たしかに速水《はやみ》の言《い》うとおりだった。

ジョーカーは頭脳明晰《ずのうめいせき》で冷静《れいせい》だが、ことシャドウが相手《あいて》となると、我《われ》を忘《わす》れて戦《たたか》いをはじめてしまう。シャドウは言《い》わずもがなだった。

こればっかりは、ローズも止《と》めようがない。

いつの間《ま》にか速水《はやみ》の話《はな》すとおりに、モニタのなかでは、ジョーカーとシャドウが戦《たたか》いをはじめていた。『ブラッディレイン』をくり出《だ》すシャドウと、それをトランプでかわして翻弄《ほんろう》するジョーカー。もう何度《なんど》も見《み》てきた光景《こうけい》だった。

すべて速水《はやみ》の言《い》うとおりになってしまい、我《わ》が兄《あに》たちながら、少《すこ》し悲《かな》しくなる。

「さあ二人《ふたり》とも袋《ふくろ》のねずみや……。ほな、作戦《さくせん》を実行《じっこう》や！」

速水《はやみ》が合図《あいず》を送《おく》ると、お宝《たから》の部屋《へや》で何《なに》かが起《お》きたらしい。画面《がめん》のなかの二人《ふたり》は戦《たたか》いをやめて、キョロキョロとあたりを見回《みまわ》す。

その時《とき》、部屋《へや》の四方《しほう》に鉄《てつ》の板《いた》がガタン！　と落《お》ちて大《おお》きな壁《かべ》になった。たちまちジョーカーとシャドウの二人《ふたり》は部屋《へや》に閉《と》じこめられてしまう。

「あれは……！」

ローズが驚《おどろ》いていると、速水《はやみ》が言《い》った。

「あれは鋼鉄《こうてつ》の檻《おり》や。ちょっとやそっとの力《ちから》じゃ破《やぶ》れんし、もちろん持《も》ち上《あ》げられれん。もうしばらくすれば睡眠《すいみん》ガスが部屋《へや》に充満《じゅうまん》して、二人《ふたり》とも警察《けいさつ》が来《く》るまでお休《やす》みっちゅうわけやな」

「そんな……」

ローズは小《ちい》さくつぶやいて、モニタを見《み》つめた。

なかではあわててシャドウが壁《かべ》に向《む》かって光線《こうせん》を放《はな》ち、ジョーカーはカードで壁《かべ》を突《つ》き破《やぶ》ろうとしていた。が、かたい壁《かべ》はびくともしない。

「フフ、これでジョーカーも終《お》わりや。どうや、ボクの作戦《さくせん》は？」

と、速水《はやみ》が得意《とくい》げに笑《わら》って後《うし》ろを振《ふ》り返《かえ》る。

しかし、そこにローズの姿《すがた》はなかった。

ローズが監視《かんし》カメラの死角《しかく》をたどってお宝《たから》の部屋《へや》の前《まえ》にやってくると、ハチが必死《ひっし》に鉄《てつ》の壁《かべ》を叩《たた》いていた。

「ジョーカーさん！　シャドウさん！」

ローズはハチに向《む》かって声《こえ》をかける。

「ハチくん、二人《ふたり》は？」

「ロ、ローズさん⁉　あの、オイラは外《そと》で見張《みは》りをしてたんス。そしたら急《きゅう》に鉄《てつ》の壁《かべ》が落《お》ちてきて二人《ふたり》を閉《と》じこめてしまって……」

「お兄《にい》ちゃん！」

ローズが壁《かべ》に向《む》かって叫《さけ》ぶと、中《なか》からかすかに二人《ふたり》の声《こえ》が聞《き》こえた。

「ローズか？　ここを開《あ》けてくれ！」

「たのむ！　ローズ！」

ジョーカーとシャドウ、いやローズにとってはジャックとシアンの声《こえ》だった。二人《ふたり》が切羽詰《せっぱつ》まっていることが、ローズにはわかる。

ローズは両手《りょうて》を前《まえ》にかかげて、精神《せいしん》を集中《しゅうちゅう》させた。

がその時《とき》、速水《はやみ》の言葉《ことば》がよぎった。

『必《かなら》ずジョーカーをつかまえたる……』

速水《はやみ》の熱《あつ》い思《おも》いや、あの温《あたた》かい笑顔《えがお》が思《おも》い起《お》こされる。

ジョーカーやシャドウのことを研究《けんきゅう》し、速水《はやみ》が練《ね》り上《あ》げた作戦《さくせん》を、ローズが壊《こわ》そうとしている。

あの人《ひと》も兄《あに》シャドウと同《おな》じように、ジョーカーを倒《たお》すことに情熱《じょうねつ》をかけているのに……。

その必死《ひっし》な思《おも》いを、私《わたし》が滅茶苦茶《めちゃくちゃ》にしてしまっていいのだろうか……。

でも……。

「ローズ、どうした⁉ 早《はや》くたのむ！」

「やべえシャドウ！ 睡眠《すいみん》ガスだ！」

なかから聞《き》こえるシャドウとジョーカーの声《こえ》が、ローズを追《お》いつめていく。

私《わたし》は……。

「！……」

ローズは心《こころ》を決《き》めてハチに言《い》った。

「ハチくん、監視《かんし》カメラを壊《こわ》して」

「え？ どうしてっスか？」

「いいからお願《ねが》いっ」

「わ、わかったっス！」

ハチは通路《つうろ》を飛《と》び回《まわ》って、このあたりを映《うつ》しているカメラを、片《かた》っぱしから壊《こわ》した。

せめて超能力《ちょうのうりょく》を使《つか》っているところを、速水《はやみ》には見《み》られたくなかった……。

精神《せいしん》を集中《しゅうちゅう》すると、ローズの体《からだ》が淡《あわ》い光《ひかり》をまとっていく。

両手《りょうて》を前《まえ》にかかげ、ローズはとびらを見《み》つめて力《ちから》をこめた。ゴゴゴゴとゆっくりと鋼鉄《こうてつ》のとびらが持《も》ち上《あ》がっていく。

やがて人《ひと》が通《とお》れるくらいの隙間《すきま》が開《ひら》いた時《とき》、ジョーカーとシャドウの二人《ふたり》がなかからあわてて飛《と》び出《だ》してきた。

二人《ふたり》は出《で》てきたとたん、互《たが》いの胸倉《むなぐら》につかみかかる。

「シャドウ！　おめーのせいで、閉《と》じこめられちまったじゃねえか！」

「なんだと！　貴様《きさま》が余計《よけい》なことをしたからだ！」

口汚《くちぎたな》く相手《あいて》をののしりはじめる姿《すがた》を見《み》て、思《おも》わず叫《さけ》んだ。

「二人《ふたり》ともやめて！」

その声《こえ》にビクッと驚《おどろ》き、二人《ふたり》はローズを見《み》つめ返《かえ》した。

ローズは少《すこ》し涙《なみだ》を浮《う》かべ、ジョーカーとシャドウをにらみつけている。

「ど、どうしたローズ？」

「何怒《なにおこ》ってんの？」

ジョーカーは懐《ふところ》から宝石《ほうせき》を取《と》り出《だ》し、

「ほら、お宝《たから》はいただいたぜ！」

「ローズ、お前《まえ》が力《ちから》を使《つか》ってくれたおかげで助《たす》かっ……」

とシャドウは言《い》いかける。が、その言葉《ことば》を制《せい》してローズは叫《さけ》んだ。

「使《つか》いたくて使《つか》ったんじゃないから！　もう知《し》らないっ！」

プイッとそっぽを向《む》くと、ローズは超能力《ちょうのうりょく》で体《からだ》を宙《ちゅう》に浮《う》かせて、窓《まど》から猛《もう》スピードで夜《よ》空《ぞら》へ飛《と》び去《さ》っていく。

二人《ふたり》の少年《しょうねん》とハチは、その姿《すがた》をぼう然《ぜん》と見送《みおく》るだけだった……。

5　影《シャドウ》の決《けつ》意《い》

シンガポールの一件《いっけん》を話《はな》し終《お》えて、ローズは息《いき》をついた。

「そんなことがあったのね……」

クイーンがつぶやく。

シンガポールの事件《じけん》のことは、クイーンも知《し》っていた。

裏社会《うらしゃかい》ニュースで、ジョーカーが煙《けむり》のように消《き》えてしまったと報道《ほうどう》されており、速水《はやみ》が『ありえへん！　超能力《ちょうのうりょく》でも使《つか》わんかぎり、あの鉄《てつ》の壁《かべ》を持《も》ち上《あ》げるのはムリや！』と必《ひっ》死《し》にコメントしていたのを覚《おぼ》えている。

「私《わたし》のせいで、速水《はやみ》さんのワナは無駄《むだ》になってしまったの……」

「あなたは悪《わる》いことをしていないわ。怪盗《かいとう》として、仲間《なかま》のピンチを助《たす》けるのは当然《とうぜん》よ。やるべきことをしただけ」

「あの時《とき》、お兄《にい》ちゃんが勝手《かって》なことをしなければ、私《わたし》が一人《ひとり》でお宝《たから》を盗《ぬす》み出《だ》せたのに……」

「シャドウはきっとあなたが心配《しんぱい》だったのよ。だから、作戦《さくせん》を変《か》えて自分《じぶん》でお宝《たから》を盗《ぬす》み出《だ》そうとしたに決《き》まってるわ」

「ううん、いつだってお兄《にい》ちゃんは私《わたし》を信《しん》じてくれてないのよ……。それに速水《はやみ》さんは私《わたし》を信用《しんよう》していろいろと話《はな》してくれた。それを裏切《うらぎ》ってしまったことが申《もう》し訳《わけ》なくて……」

「それはそうだけど……」

クイーンは思《おも》った。まだ怪盗《かいとう》をはじめて日《ひ》も浅《あさ》いローズにとって、結果的《けっかてき》にだれかをだましてしまったのは、とても心苦《こころぐる》しいことだったのかもしれない。

「だから、さっき屋敷《やしき》で見《み》た時《とき》はビックリして何《なに》も言《い》えなくなっちゃった。きっと、私《わたし》が怪盗《かいとう》の仲間《なかま》だってことに気《き》づいただろうな……」

ローズは悲《かな》しそうにうつむく。

「だから今《いま》さら遅《おそ》いかもしれないけれど、会《あ》って一言《ひとこと》謝《あやま》りたいの。こないだはごめんなさい、って」

「そう……」

クイーンは言葉《ことば》を探《さが》すが、いい言葉《ことば》が出《で》てこない。

その時《とき》、

「なるほど……」

と、ベッドからスペードがつぶやく声《こえ》が聞《き》こえた。

「スペード！」

「スペード様《さま》！」

スペードはゆっくりと目《め》を開《ひら》いて、心配《しんぱい》そうにのぞきこんでいるアイを見上《みあ》げた。

「すまないダークアイ、また心配《しんぱい》をかけてしまって……。君《きみ》の言《い》うことを聞《き》けばよかった。大事《だいじ》なところで体調《たいちょう》を崩《くず》してしまったようだ」

「いいんです、スペード様《さま》」

アイは安心《あんしん》して、笑顔《えがお》を見《み》せる。

ローズが後《うし》ろから頭《あたま》を下《さ》げた。

「スペードさん、ごめんなさい。私《わたし》のせいでお体《からだ》の具合《ぐあい》を悪《わる》くしてしまって……」

するとスペードは、ローズに優《やさ》しく微笑《ほほえ》みかける。

「ははは、ボクの不摂生《ふせっせい》から来《き》たことだから気《き》にしないほうがいい。そして話《はなし》を聞《き》いていたが、速水《はやみ》の件《けん》も君《きみ》のせいじゃないよ」

「ええ……」

「もしよければ、屋敷《やしき》へも君《きみ》が一緒《いっしょ》に行《い》ってくれるとありがたい。その超能力《ちょうのうりょく》は役《やく》に立《た》つだろう。クイーンだけでは心《こころ》もとないからな」

「ちょっと、どういう意味《いみ》よ」

クイーンは腰《こし》に手《て》を当《あ》て、ムッとした様子《ようす》を見《み》せたが、ローズに笑顔《えがお》で振《ふ》り返《かえ》った。

「じゃあローズ、一緒《いっしょ》に行《い》きましょう」

「え……うん！」

ローズは力強《ちからづよ》くうなずく。

するとスペードは、アイに顔《かお》を向《む》けた。

「ダークアイ、ボクらは師匠《ししょう》のお願《ねが》いを果《は》たさなければならない。まずはそこに映《うつ》っているジョーカーに〈黄金菊《おうごんぎく》〉のありかを聞《き》くことにしよう」

「ですがスペード様《さま》、今回《こんかい》はもうお体《からだ》が……」

アイが心配《しんぱい》して、スペードを制《せい》した。

「わかっている。だからダークアイ、キミにお願《ねが》いしているんだ」

「え？」

とつぜん言《い》われてアイが目《め》を丸《まる》くする。

「キミなら体術《たいじゅつ》にも長《た》けているし、立派《りっぱ》に怪盗《かいとう》としての務《つと》めを果《は》たせるはずだ。ぜひ、クイーンたちの力《ちから》になってやってくれ」

「でも……私《わたし》にはスペード様《さま》のお世話《せわ》が……」

「スペードのことならボクがいるから安心《あんしん》してください。決《けっ》して無理《むり》はさせません」

パソコンの前《まえ》で、ロコがニッコリ微笑《ほほえ》んで告《つ》げる。

「ダークアイ、たのむ。君《きみ》しかできないことだ」

スペードはアイの目《め》をじっと見《み》て言《い》った。

「……わかりました」

アイは心《こころ》を決《き》めて、ゆっくりとうなずく。

「よし、決《き》まりね！〈小町《こまち》の黄金菊《おうごんぎく》〉、今度《こんど》こそいただくわよ！」

クイーンの掛《か》け声《ごえ》に、三人《さんにん》の女《おんな》たちは勇《いさ》んで立《た》ち上《あ》がる。

それぞれ互《たが》いに視線《しせん》を交《か》わし、天使《てんし》の笑顔《えがお》を交《か》わし合《あ》った。

シャドウとハチは、静《しず》かに小高《こだか》い丘《おか》の上《うえ》に舞《ま》い降《お》りた。

そこは大庭園《だいていえん》から少《すこ》しはなれた丘《おか》だった。屋敷《やしき》の灯《あか》りが遠《とお》くに見《み》えている。サーチライトがぐるぐると動《うご》いているということは、まだシャドウを探《さが》しているのだろう。

「シャドウさん、助《たす》けてくれてありがとうございます……」

ハチがぺこりと頭《あたま》を下《さ》げると、シャドウはチッと舌打《したう》ちした。

「あいつはオレを逃《に》がした。借《か》りを返《かえ》しただけだ」

そう言《い》うと、シャドウはハチの持《も》っていたトランプを奪《うば》い取《と》る。ジョーカーが『ストレート・フラッシュ』を使《つか》って宙《ちゅう》に浮《う》かせたカードだった。逃《に》げる時《とき》にハチが拾《ひろ》ってきたのだ。

「あ、それは！」

「助《たす》けてやった駄賃《だちん》だ」

カードを裏返《うらがえ》すと、そこには黄金《おうごん》のかんざしが貼《は》りつけてあった。

「やはりな……」

シャドウはニヤリと笑《わら》ってかんざしをはがし、じっと見《み》つめる。

「……」

黄金《おうごん》のかんざしは、夜《よる》の闇《やみ》のなかでぼんやりと光《ひか》っていた。

するととなりで、ハチが何《なに》やら荷物《にもつ》を確《たし》かめはじめる。

「何《なに》をしている？」

ハチは答《こた》えない。どうやらハチは屋敷《やしき》に乗《の》りこむつもりのようだ。

「お前《まえ》が行《い》ってもつかまるだけだぞ」

「ジョーカーさんはオイラを信《しん》じてくれてますから」

と、ハチはシャドウに向《む》かって微笑《ほほえ》んだ。

「……」

シャドウは黙《だま》ってハチの目《め》を見《み》つめる。

「じゃ、オイラ行《い》くっス。シャドウさん、ありがとうございました！」

ハチはペコリと頭《あたま》を下《さ》げると、丘《おか》を駆《か》け下《お》りながらバルーンガムをぷぅとふくらませ、空《そら》へ飛《と》んだ。

そのまま夜《よる》の闇《やみ》にまぎれて屋敷《やしき》へ向《む》かっていく。

シャドウはその後《うし》ろ姿《すがた》を見《み》ながらつぶやいた。

「………」

「信《しん》じてくれている、か……」

シャドウの頭《あたま》に、ローズの顔《かお》がよぎった。

あのシンガポールの事件以来《じけんいらい》、ローズはどこか気落《きお》ちしているようだった。

やはり一人《ひとり》でミッションに参加《さんか》させるのは、早《はや》かったのかもしれない。

シャドウは、ローズを一人《ひとり》で行《い》かせたことを後悔《こうかい》していた。

またローズを守《まも》ってやることができなかった自分《じぶん》を責《せ》めていた。

——かつてシャドウは、ジョーカーとの過去《かこ》の因縁《いんねん》を断《た》ち切《き》るために生《い》きていた。

シャドウとローズが幼《おさな》いころ、プロフェッサー・クローバーという男《おとこ》がローズのその不《ふ》思議《しぎ》な力《ちから》を狙《ねら》って、シャドウたちの村《むら》を襲《おそ》い、ローズを連《つ》れ去《さ》った。ローズはとらわれの身《み》となり、長《なが》い間眠《あいだねむ》らされることになった。シャドウは、ローズが狙《ねら》われる原因《げんいん》の一《ひと》つをジョーカーがつくったとして、その怒《いか》りを心《こころ》に燃《も》やし、ジョーカーを憎《にく》むことで闇《やみ》の世界《せかい》を生《い》き続《つづ》けていた。

が、その気持《きも》ちは、シャドウとジョーカーとで力《ちから》を合《あ》わせてクローバーを倒《たお》し、ローズを眠《ねむ》りから覚《さ》ましたことで、捨《す》て去《さ》ることができた。

しかし――。

ローズを助《たす》けたとたん、シャドウは己《おのれ》の存在意義《そんざいいぎ》をも見失《みうしな》ってしまった……。

それまではジョーカーへの恨《うら》みや憎《にく》しみをかてに生《い》きてきた。だがシャドウにとって、その感情《かんじょう》を失《うしな》うことは、自分《じぶん》の生《い》きがいを失《うしな》ったも同然《どうぜん》だった。

先《さき》ほど速水《はやみ》に言《い》われた言葉《ことば》を、シャドウは思《おも》い起《お》こす。

『キミはジョーカーの影《かげ》、影《かげ》に隠《かく》れた正真正銘《しょうしんしょうめい》のニセモンや――』

その時《とき》は否定《ひてい》したが、あいつの言葉《ことば》は真実《しんじつ》だ。

オレは、ジョーカーのただのニセモノにすぎない……。

ローズを助《たす》け出《だ》すことができ、ジョーカーへの少年時代《しょうねんじだい》の恨《うら》みも消《き》えた。もうヤツの格好《かっこう》を真似《まね》る必要《ひつよう》すらない。クローバーを倒《たお》した時《とき》に、本名《ほんみょう》の『怪盗《かいとう》シアン』として、新《あたら》しい一歩《いっぽ》を踏《ふ》み出《だ》すこともできたはずだ。

だが……。

シャドウの心《こころ》に何《なに》かが引《ひ》っかかっていた。

オレはヤツに何《なに》も勝《まさ》っていない……。

ジョーカーはシャドウにとって宿敵《しゅくてき》であり、かつては憎《にく》むべき相手《あいて》だった。

光《ひかり》と影《かげ》という関係《かんけい》を選《えら》び、光《ひかり》を消《け》し去《さ》ろうとしたが、勝負《しょうぶ》を決《けっ》する前《まえ》にその動機《どうき》は失《うしな》われてしまった。

オレは一生《いっしょう》ヤツの『影《かげ》』のまま生《い》きていくのか……。

そんな絶望《ぜつぼう》からシャドウを救《すく》ってくれたのは、ローズの信頼《しんらい》だった。

眠《ねむ》りから覚《さ》めたローズは、自分《じぶん》を心《こころ》から頼《たよ》ってくれていた。

だからシャドウは、一人《ひとり》の怪盗《かいとう》として立《た》ち上《あ》がるために、あることを誓《ちか》った。

今《いま》まではジョーカーのすべてを奪《うば》ってやる、と考《かんが》えていたが、これからはローズにすべてを与《あた》えてやろう、と。

自分《じぶん》を信《しん》じてくれているローズのために、生《い》きていこうと心《こころ》に決《き》めたのだ。

その信頼《しんらい》が、シンガポールの一件《いっけん》以来《いらい》、ぐらついている気《き》がしている。

それを取《と》り戻《もど》すためにも、今回《こんかい》のミッションは成功《せいこう》させなければならない……。

ゴーン！……

と、屋敷《やしき》の時計塔《とけいとう》から鐘《かね》が聞《き》こえた。

塔《とう》の時計《とけい》は暗闇《くらやみ》にまぎれ、その時刻《じこく》をうかがい知《し》ることはできない。

「…………」

シャドウは、今一度《いまいちど》、手《て》にした黄金《おうごん》のかんざしをかかげた。

ローズ、見《み》ていてくれ……。

シャドウは漆黒《しっこく》のマントをバサリとひるがえすと、大庭園《だいていえん》をじっとにらみつけた。

「ホンモノの〈小町《こまち》の黄金菊《おうごんぎく》〉は、オレのものだ……！」

6

舞《ま》い踊《おど》る天《てん》使《し》たち

「なんだと？　あのかんざしは〈小町《こまち》の黄金菊《おうごんぎく》〉じゃないだと⁉」

12時《じ》30分《ぷん》の鐘《かね》の音《ね》をかき消《け》して、鬼山《おにやま》の叫《さけ》び声《ごえ》が響《ひび》きわたる。

速水《はやみ》は深《ふか》くうなずいた。

「ああ、そうや。あのかんざしは、ホンモノの〈小町《こまち》の黄金菊《おうごんぎく》〉のキーにすぎん。ジョーカーとシャドウが狙《ねら》っていた〈黄金菊《おうごんぎく》〉は、かんざしに書《か》かれている暗号《あんごう》を解《と》くことで、そのありかがわかるんや。そうなんやろ？　ジョーカー」

そう言《い》って速水《はやみ》は振《ふ》り返《かえ》った。

背後《はいご》には、大広間《おおひろま》の真《ま》ん中《なか》で檻《おり》のなかにとらわれているジョーカーがいた。

ジョーカーは粗末《そまつ》な木《き》の椅子《いす》に座《すわ》らされ、後《うし》ろ手《で》に手錠《てじょう》をかけられて、さらに足首《あしくび》にも手錠《てじょう》がついていた。大《おお》きな檻《おり》は触《さわ》れば電流《でんりゅう》が流《なが》れるような仕掛《しか》けがほどこされている。鬼《おに》山《やま》が今回《こんかい》のために持《も》ち込《こ》んだ、特別製《とくべつせい》の檻《おり》だ。

「………」

黙《だま》っているジョーカーのまわりを、速水《はやみ》は車椅子《くるまいす》でゆっくりと回《まわ》りはじめた。

「キミとシャドウがシンガポールでオパールを盗《ぬす》み出《だ》したとき、部屋《へや》にあったオーナーのメモ帳《ちょう》がなくなっとったんや。メモには、オーナーのネット日記《にっき》のパスワードが書《か》かれとった。その日記《にっき》に、事件後《じけんご》2件《けん》のアクセスがあった。お前《まえ》とシャドウや」

「………」

「そのオーナーというのが他《ほか》でもない、一年前《いちねんまえ》に亡《な》くなったこの岬《みさき》の大庭園《だいていえん》の主人《しゅじん》や。この主人《しゅじん》は、屋敷《やしき》や大庭園《だいていえん》こそ日本《にほん》にあったが、仕事《しごと》の拠点《きょてん》はシンガポールにあったため、日本《にほん》では外部《がいぶ》との接触《せっしょく》を一切《いっさい》しとらんかった。だからネットの日記《にっき》でしかその真意《しんい》は知《し》ることができへん」

「………」

ジョーカーは黙《だま》って話《はなし》を聞《き》いている。

「キミらは日記《にっき》で〈小町《こまち》の黄金菊《おうごんぎく》〉の存在《そんざい》を知《し》ったんや。だが、そのありかを知《し》るためには、暗号《あんごう》の隠《かく》されたかんざしを盗《ぬす》み出《だ》さなければならない。そこで警察《けいさつ》には、かんざしを

「〈黄金菊〉と誤解させたまま、盗み出そうとしたんや」

「………」

「それで速水《はやみ》クン、ホンモノの〈黄金菊《おうごんぎく》〉とは何《なん》なんだ？」

鬼山《おにやま》がたまらずたずねる。

速水《はやみ》は車椅子《くるまいす》をくるりと鬼山《おにやま》に向《む》けた。

「〈黄金菊《おうごんぎく》〉は正真正銘《しょうしんしょうめい》、ホンモノの植物《しょくぶつ》や。そしてそれはこの大庭園《だいていえん》のどこかに植《う》えられとる！」

「なんだと⁉」

鬼山《おにやま》は驚《おどろ》いたように声《こえ》を上《あ》げた。

たしかに〈黄金菊《おうごんぎく》〉だからといって金《きん》でできた菊《きく》とはかぎらない。むしろ菊《きく》そのものの名前《なまえ》という可能性《かのうせい》もある。

しかし、ジョーカーたちが植物《しょくぶつ》の菊《きく》を狙《ねら》うなんて……。

「警部《けいぶ》、そんなに〈黄金菊《おうごんぎく》〉が貴重《きちょう》で珍《めずら》しい花《はな》なんか、と疑問《ぎもん》を持《も》っとるようやな。〈黄《おう》金菊《ごんぎく》〉は、ここの主人《しゅじん》が一生《いっしょう》をかけて作《つく》り出《だ》した、世《よ》にも珍《めずら》しい品種《ひんしゅ》なんや。月《つき》の隠《かく》れた闇夜《やみよ》に一瞬《いっしゅん》だけ咲《さ》くという花《はな》、その姿《すがた》は美《うつく》しく、さらにその香《かお》りをかぐとたちどころに深《ふか》い眠《ねむ》りにつくという……」

「深《ふか》い眠《ねむ》り……、睡眠薬《すいみんやく》のようなものか？」

鬼山《おにやま》が興味《きょうみ》を持《も》つ一方《いっぽう》で、速水《はやみ》はジョーカーをじっとにらみつけた。

「キミは、その珍《めずら》しい菊《きく》を狙《ねら》っとったんやろう？」

「…………」

ジョーカーは速水《はやみ》の言葉《ことば》に小《ちい》さく息《いき》をつく。

「やっぱり、あんたはごまかせないな」

鬼山《おにやま》がジョーカーの檻《おり》に近《ちか》づいて叫《さけ》んだ。

「貴様《きさま》は！　またそうやってワシらをだまそうとしてたんだな！」

「べっつに〜♪　オレはあのかんざしが〈黄金菊《おうごんぎく》〉だなんて一度《いちど》も言《い》ってないぜ」

ジョーカーは口笛《くちぶえ》をピュイと吹《ふ》いて、そっぽを向《む》く。

「むむむ……」

鬼山《おにやま》は悔《くや》しそうにジョーカーをにらみつける。

「まあまあ警部《けいぶ》。でもこうしてジョーカーはつかまったんや。ホンモノの〈黄金菊《おうごんぎく》〉を見《み》つけることはできんはず。かんざしを取《と》り返《かえ》せば万事解決《ばんじかいけつ》や」

「いや！」

鬼山《おにやま》は速水《はやみ》に向《む》けて振《ふ》り返《かえ》った。

「たしかにジョーカーをつかまえて安心《あんしん》してはいたが、まだお宝《たから》を手《て》に入《い》れていないとなると話《はなし》は別《べつ》だ！」

鬼山《おにやま》の目《め》に再《ふたた》び強《つよ》い光《ひかり》が灯《とも》っていた。

「この男《おとこ》は簡単《かんたん》にお宝《たから》をあきらめるようなやつじゃない。最後《さいご》まで宝《たから》を手《て》に入《い》れるために、何《なん》らかの手段《しゅだん》をくり出《だ》すやつだ。こうしておとなしくつかまっているのも、何《なに》か作戦《さくせん》があってのことだと考《かんが》えねば！」

鬼山《おにやま》は強《つよ》く、確信《かくしん》を持《も》って言《い》う。その言葉《ことば》には長年《ながねん》ジョーカーだけを追《お》い続《つづ》けてきた男《おとこ》の説得力《せっとくりょく》があった。

「おお、警部《けいぶ》。さすがだな〜」

ジョーカーが感心《かんしん》したようにつぶやいた。

「たしかに、クビがかかっとる人間《にんげん》は覚悟《かくご》がちゃうな」

速水《はやみ》の言葉《ことば》にジョーカーが驚《おどろ》く。

「ええ!?　鬼山警部《おにやまけいぶ》、警察《けいさつ》やめちゃうの？」

「ハハハ！　貴様《きさま》をつかまえればそんなことにはならん！　すでにお前《まえ》はワシの手《て》のなかにいる。お前《まえ》の考《かんが》えていることはお見通《みとお》しなのだ！」

「じゃあオレはこれからどうするつもりなのかな？」

「簡単《かんたん》なことだ。そのオブジェに隠《かく》れていた暗号《あんごう》とやらを解《と》いて、ホンモノの〈黄金菊《おうごんぎく》〉を手《て》に入《い》れようとしているに決《き》まっている！」

「そうそう、でも問題《もんだい》はその暗号《あんごう》だよな〜。なにしろ知《し》っているのはオレ一人《ひとり》、しかも暗《あん》号《ごう》が書《か》かれているかんざしのありかを知《し》ってるのもオレ一人《ひとり》だ。なあ、この縄《なわ》を解《と》いてくれたら教《おし》えてあげてもいいんだぜ？」

「ふん、そんな取引《とりひき》に乗《の》るわけなかろう！」

「ええ〜、ケチ〜」

ジョーカーがぶぅっと唇《くちびる》をとがらせた時《とき》、速水《はやみ》がゆっくりと口《くち》を開《ひら》いた。

何《なに》かを思《おも》い出《だ》すように、ゆっくりと文言《もんごん》を語《かた》る。

〝1つが3つ並《なら》ぶ時《とき》がある。そのはじめと次《つぎ》の1つのあいだで、花《はな》は咲《さ》く。〟

言《い》い終《お》えると速水《はやみ》はジョーカーを見《み》て微笑《ほほえ》む。

「どうや？」

「それは……！」

「そう、あの金《きん》のかんざし――菊《きく》の花《はな》びらの裏《うら》に小《ちい》さく書《か》かれとった文言《もんごん》や。シャドウが盗《ぬす》む前《まえ》に、見《み》させてもらったで」

「んだと……」

ジョーカーは悔《くや》しそうに唇《くちびる》を噛《か》む。

「いつの間《ま》に……」

と、鬼山《おにやま》は速水《はやみ》が到着《とうちゃく》してすぐに、かんざしを手《て》に取《と》ったことを思《おも》い出《だ》した。

あの時《とき》から、速水《はやみ》はかんざしがキーであることを見抜《みぬ》いていたのだ。

速水《はやみ》は静《しず》かに語《かた》りはじめる。

「これが、〈黄金菊《おうごんぎく》〉のありか――正確《せいかく》には、〈場所《ばしょ》〉と〈時間《じかん》〉を表《あらわ》した暗号《あんごう》や。黄金菊《おうごんぎく》は開花時間《かいかじかん》が短《みじか》く、その姿《すがた》を見《み》るのは非常《ひじょう》に難《むずか》しい。つまり見《み》つけるためには、正確《せいかく》な〈時間《じかん》〉に、正確《せいかく》な〈場所《ばしょ》〉でその花《はな》が開《ひら》くのを待《ま》ち受《う》けなければならんのや」

「その言葉《ことば》のなかに、花《はな》が開《ひら》く時間《じかん》が隠《かく》されているというわけか。むむむ……」

鬼山《おにやま》は考《かんが》え込《こ》む。

が、すぐにパッと目《め》を輝《かがや》かせて、

「そうか！　わかったぞ！」

と大声《おおごえ》を上《あ》げた。

「ハッハッハ、ワシの長年《ながねん》の刑事《けいじ》の勘《かん》をもってすれば何《なん》のことはない！」

「ほんまか？」

速水《はやみ》が興味《きょうみ》ありげに鬼山《おにやま》を見《み》つめる。

「おお、さすが警部《けいぶ》だな！　聞《き》かせてくれよ！」

ジョーカーも檻《おり》のなかから目《め》を輝《かがや》かせてたずねた。

すると鬼山《おにやま》は胸《むね》を張《は》って、得意《とくい》げに語《かた》りはじめる。

「ハハハ！　なーに、簡単《かんたん》だ！　デジタルの時計《とけい》を思《おも》い浮《う》かべてみろ。『1が3つ並《なら》ぶ時《とき》』というのは、数字《すうじ》の1が『111』と並《なら》んで表示《ひょうじ》される時間《じかん》のことだ。つまりそれは、『1時《じ》11分《ぷん》』！　その時刻《じこく》に〈黄金菊《おうごんぎく》〉は咲《さ》くのだぁーっ！」

鬼山《おにやま》は人差《ひとさ》し指《ゆび》を上《うえ》にかかげて、高《たか》らかに言《い》った。

鬼山《おにやま》の声《こえ》が部屋《へや》にむなしく響《ひび》いていく。

「…………」

ジョーカーと速水《はやみ》は、半《なか》ばぼう然《ぜん》として鬼山《おにやま》を見《み》つめた。

やがて速水《はやみ》が、鬼山《おにやま》にたずねる。

「ま、まあええやろ……。ならば警部《けいぶ》、後半《こうはん》の『はじめと次《つぎ》の1つ』とは何《なん》のことや？」

「え？　そ、それは……なんだろうな……？」

鬼山《おにやま》がたじろぐと、続《つづ》けざまにジョーカーも檻《おり》のなかから声《こえ》をかける。

「それに場所《ばしょ》はどこなんだよ？　〈時間《じかん》〉と〈場所《ばしょ》〉って言《い》ってただろう？」

「うっ……そ、そんなこと言《い》ってたか？」

鬼山《おにやま》は二人《ふたり》に問《と》いつめられ、とぼけてごまかそうとする。

「どうやら警部《けいぶ》の推理《すいり》はまだ足《た》りておらんようやな」

「まったくいい加減《かげん》なこと言《い》うなよな〜」

二人《ふたり》の天才少年《てんさいしょうねん》は、容赦《ようしゃ》なく一人《ひとり》のふつうのおじさんを追《お》いつめていく。

「くっ……」

鬼山《おにやま》が答《こた》えに窮《きゅう》して、何《なに》も言《い》い返《かえ》せずにいたその時《とき》、鬼山《おにやま》の無線《むせん》がピピピと鳴《な》り響《ひび》いた。

「ど、どうした！　こちら鬼山《おにやま》ぁ！」

鬼山《おにやま》は渡《わた》りに船《ふね》とばかりに、ひときわ大《おお》きな声《こえ》で端末《たんまつ》に応答《おうとう》する。

端末《たんまつ》からギンコの声《こえ》が聞《き》こえた。

『警部《けいぶ》、侵入者《しんにゅうしゃ》です！　クイーンとその一味《いちみ》です！』

「何《なに》いっ！」

鬼山《おにやま》はいつもよりも大《おお》きな声《こえ》を張《は》り上《あ》げた。


途切《とぎ》れなく響《ひび》く警報《けいほう》のなかを、クイーン、アイ、ローズの三人《さんにん》は走《はし》っていた。

バルーンガムで飛《と》び降《お》りたのち、庭園《ていえん》のなかを走《はし》り、急《いそ》ぐ。

ドーナツ状《じょう》の空中庭園《くうちゅうていえん》をくぐり抜《ぬ》けた瞬間《しゅんかん》、耳《みみ》にしこんだ通信機《つうしんき》から、スペードとロコの声《こえ》が聞《き》こえてきた。

『正面《しょうめん》から追《お》っ手《て》が来《く》るぞ』

『クイーン、注意《ちゅうい》してください』

「わかったわ」

クイーンが応答《おうとう》すると、アイがクイーンに少《すこ》しうれしそうに告《つ》げる。

「まるで映画《えいが》みたいですね」

「ふふ、スペードの部下《ぶか》なんてごめんよ」

クイーンは苦笑《くしょう》して答《こた》える。

すると、ローズが前《まえ》を指差《ゆびさ》して叫《さけ》んだ。

「たくさん来《く》るわ！」

三人《さんにん》の前《まえ》に、おおぜいの屈強《くっきょう》な警官《けいかん》たちが立《た》ちふさがった。

警官《けいかん》たちはよく訓練《くんれん》された動《うご》きで、クイーンたちへ襲《おそ》いかかってくる。

「行《い》くわよ！」

「はいっ！」

「うん！」

クイーンの合図《あいず》で、三人《さんにん》は少《すこ》し距離《きょり》を取《と》って飛《と》んだ。

「全員逮捕《ぜんいんたいほ》しろ――――！」

「おおおおおっ！」

警官《けいかん》たちが怒号《どごう》を上《あ》げ、警棒《けいぼう》を持《も》って襲《おそ》いかかってくるなか、クイーンはスッと大剣《たいけん》を鞘《さや》から引《ひ》き抜《ぬ》いて、静《しず》かに構《かま》える。

「いらっしゃい！」

くるりと体《からだ》をひるがえしたかと思《おも》うと、音《おと》もなく刀《かたな》を大《おお》きく振《ふ》るった。一人目《ひとりめ》の警官《けいかん》が振《ふ》り下《お》ろした警棒《けいぼう》が、スパッと見事《みごと》に斬《き》り落《お》とされる。

「なっ……！」

ひるんだ警官《けいかん》の懐《ふところ》へすばやく入《はい》りこむと、後《うし》ろへ回《まわ》りこんでその首筋《くびすじ》を正確《せいかく》に狙《ねら》い、刀《かたな》の柄《つか》で打《う》ちつける。警官《けいかん》がバタリと倒《たお》れた。

続《つづ》いてやってきた警官《けいかん》に向《む》かって、返《かえ》す刀《かたな》で振《ふ》り下《お》ろすと、その剣先《けんさき》はそっと警官《けいかん》の帽《ぼう》子《し》をなでた。するとキレイに帽子《ぼうし》は二《ふた》つに切《き》られて、なかから人《ひと》のよさそうな警官《けいかん》の顔《かお》が現《あらわ》れる。

「あら、優《やさ》しい顔《かお》のおまわりさんじゃない♪」

軽口《かるくち》を叩《たた》きながら、その後頭部《こうとうぶ》に攻撃《こうげき》を加《くわ》えると、見事《みごと》に警官《けいかん》は倒《たお》れた。

さらにやってくる警官《けいかん》たちの攻撃《こうげき》を軽々《かるがる》とよけて、その間合《まあ》いをスルスルとすり抜《ぬ》け、次々《つぎつぎ》に気絶《きぜつ》させていく。

そんなクイーンの姿《すがた》は、闇《やみ》のなかで舞《ま》う白鳥《はくちょう》のようだった。

時折《ときおり》、ライトが反射《はんしゃ》して剣先《けんさき》がキラリと光《ひか》り、その顔《かお》がひと時《とき》だけ映《うつ》し出《だ》される。

すずしい微笑《ほほえ》みを浮《う》かべるなかで、クイーンの瞳《ひとみ》は炎《ほのお》より熱《あつ》く燃《も》えていた。

一方《いっぽう》で、アイは一定《いってい》の距離《きょり》を取《と》りながら、取《と》り囲《かこ》む警官《けいかん》たちから逃《に》げ回《まわ》っていた。警官《けいかん》たちはすきを見《み》つけてつかまえようと近《ちか》づくが、うまく方向《ほうこう》を変《か》えて、大《おお》きく円《えん》を描《えが》きながら警官《けいかん》たちの動《うご》きを翻弄《ほんろう》し続《つづ》ける。

「ちょこちょこ逃《に》げるなっ！」

「前後《ぜんご》から挟《はさ》み撃《う》ちにしろ！」

だが、警官《けいかん》たちの動《うご》きよりも一段《いちだん》速《はや》いアイを、簡単《かんたん》にとらえられるはずもなかった。

アイは無言《むごん》で走《はし》りながら、スペードの言葉《ことば》を思《おも》い出《だ》していた。

『ボクのアイスショットは間合《まあ》いを取《と》ることが大事《だいじ》だ。近《ちか》くで放《はな》ってしまうと、己《おのれ》も被害《ひがい》を受《う》けてしまう。それは君《きみ》の攻撃《こうげき》も同《おな》じだ。じっくり間合《まあ》いを取《と》って一気《いっき》に攻撃《こうげき》を仕掛《しか》ければ、一撃《いちげき》で仕留《しと》めてしまうことすら可能《かのう》だ』

ふだんからスペードが言《い》っていることを、アイは心《こころ》の内《うち》でくり返《かえ》す。

「……ですよね、スペード様《さま》！」

くるくると動《うご》き回《まわ》るなかで、目《め》の前《まえ》の警官《けいかん》たちの隊形《たいけい》が、アイを中心《ちゅうしん》にして緩《ゆる》やかなカーブをえがき、扇形《おうぎがた》に広《ひろ》がった。

「今《いま》だっ！」

アイはすばやく腰《こし》についているホルダーからマイクを引《ひ》き抜《ぬ》き、警官《けいかん》たちに向《む》かって構《かま》えた。

「『シャボン・スプラッシュ』！」

マイクのスイッチを入《い》れると、その先《さき》から細《こま》かい無《む》数《すう》の泡《あわ》が吹《ふ》き出《だ》した。

泡《あわ》は空中《くうちゅう》をまっすぐに突《つ》き進《すす》みながら、その大《おお》きさを広《ひろ》げて飛《と》んでいく。やがてソフトボールほどの大《おお》きさとなった泡《あわ》は、警官《けいかん》の腕《うで》にぶつかるとパシン！　と弾《はじ》けて、腕《うで》のまわりに取《と》りついて結晶《けっしょう》になった。

「な、なんだこれは!?」

警官《けいかん》が腕《うで》を動《うご》かそうとしてもびくともしない。『シャボン・スプラッシュ』の泡《あわ》は、弾《はじ》けて酸《さん》素《そ》と反応《はんのう》すると、セメントのようにその硬度《こうど》を変《か》えて、その場《ば》に固定《こてい》してしまうのだ。

その体勢《たいせい》をたもったまま、アイはマイクを平行《へいこう》に動《うご》かして、まわりの警官《けいかん》に向《む》けていっせいに泡《あわ》を命中《めいちゅう》させていく。警官《けいかん》たちは腕《うで》だけでなく、体《からだ》や足《あし》などをそれぞれに固《かた》められ、動《うご》きを封《ふう》じられていった。

やがて、まわりのすべての警官《けいかん》が頭《あたま》を残《のこ》して固《かた》められると、「まったく動《うご》けない！」「貴《き》様《さま》、ただではすまんぞ！」と、警官《けいかん》たちはアイに怒号《どごう》を浴《あ》びせはじめた。

ふぅと一息《ひといき》ついて、アイはくるりと警官《けいかん》たちを見回《みまわ》した。

どこかで見《み》たことある風景《ふうけい》だった。感情《かんじょう》はまったく逆《ぎゃく》だが、まるでアイドルのステージを取《と》り囲《かこ》むファンのようだ。

アイは、スペードの助手《じょしゅ》として働《はたら》くかたわら、『シャッフルシスターズ』というアイドルグループのメンバーとして活動《かつどう》している。シャッフルシスターズはアイ、レイ、キラという三姉妹《さんしまい》のアイドルであり、同時《どうじ》に怪盗《かいとう》でもあった。『シャボン・スプラッシュ』は彼女《かのじょ》たちの技《わざ》なのだ。

アイは、アイドルモードに声《こえ》のスイッチを入《い》れ、警官《けいかん》たちを振《ふ》り返《かえ》った。

「皆《みな》さん、ごめんなさい。もう少《すこ》しこのままでいてね♪」

とびきりのアイドルボイスで語《かた》りかけ、ウインクを飛《と》ばす。

そのとたんにほとんどの警官《けいかん》が頬《ほお》を赤《あか》らめ、野太《のぶと》いうなり声《ごえ》を上《あ》げたのも、見覚《みおぼ》えのある光景《こうけい》だった。

さらに一方《いっぽう》では、異様《いよう》な空間《くうかん》が広《ひろ》がっていた。

屈強《くっきょう》な警官《けいかん》たちが、全員《ぜんいん》時《とき》が止《と》まったようにピタリと動《うご》きを止《と》め、その真《ま》ん中《なか》でぽつり

とローズが立《た》っていた。

警官《けいかん》たちは何《なに》が起《お》こったのかわからず、混乱《こんらん》しているのが表情《ひょうじょう》だけでわかる。

と、ローズが目《め》の前《まえ》にかざした右手《みぎて》をゆっくりと下《お》ろすと、警官《けいかん》たちはいっせいにうずくまって地面《じめん》にふせた。

ローズは左手《ひだりて》をくるりと回《まわ》して、何《なに》かを指差《ゆびさ》す。

指差《ゆびさ》した先《さき》に見《み》える、庭園《ていえん》を仕切《しき》る金属《きんぞく》の柵《さく》が、何《なに》かに引《ひ》っ張《ぱ》られたようにゆっくりと持《も》ち上《あ》がった。数《すう》メートルほどある柵《さく》は、ふわふわと宙《ちゅう》を舞《ま》って、やがてうつぶせになった警官《けいかん》たちの上空《じょうくう》で止《と》まった。

ローズが左手《ひだりて》をまたくるっと回《まわ》すと、柵《さく》はカチャカチャと形《かたち》を変《か》えて、無数《むすう》のアーチの形《かたち》になった。そのままローズは静《しず》かに左手《ひだりて》を下《お》ろす。

金属《きんぞく》でできたアーチは、警官《けいかん》たち一人一人《ひとりひとり》の体《からだ》を囲《かこ》うように地面《じめん》に下《お》りてきた。ローズが左手《ひだりて》の指《ゆび》をパチンと鳴《な》らすと、アーチが警官《けいかん》の体《からだ》に巻《ま》きついて、警官《けいかん》たちはまったく抵抗《ていこう》できないまま、かたい金属《きんぞく》の輪《わ》っかに縛《しば》り上《あ》げられた。

「ふぅ……」

ローズが一息《ひといき》つくと、警官《けいかん》たちはようやく声《こえ》を出《だ》せるようになったのか、うなり声《ごえ》を上《あ》げる。輪《わ》から逃《のが》れようともがくが、金属《きんぞく》の輪《わ》は最初《さいしょ》からその形《かたち》だったかのように、きちんと体《からだ》を締《し》め上《あ》げていた。

ローズは額《ひたい》の汗《あせ》をぬぐった。

人《ひと》の動《うご》きを止《と》め、同時《どうじ》に物体《ぶったい》の形《かたち》を変《か》えるのは、非常《ひじょう》に体力《たいりょく》を使《つか》うのだ。

——とその時《とき》、ローズの背後《はいご》から一人《ひとり》の警官《けいかん》が静《しず》かに近《ちか》づいていた。

警官《けいかん》はしのび足《あし》で音《おと》もなく駆《か》け寄《よ》っていく。その腕《うで》がローズの体《からだ》をとらえようとした時《とき》、ローズが気《き》づいて振《ふ》り返《かえ》った。

「！……」

とっさのことでローズは声《こえ》を上《あ》げられなかった。

だがその警官《けいかん》の手《て》はローズにかかることはなかった。

何《なに》か背後《はいご》から衝撃《しょうげき》を受《う》けたかと思《おも》うと、警官《けいかん》は顔《かお》を苦痛《くつう》にゆがませ、その場《ば》に崩《くず》れ落《お》ちたのだ。

警官《けいかん》が倒《たお》れた後《うし》ろから現《あらわ》れたのは……シャドウだった。

「お兄《にい》ちゃん……！」

シャドウは警官《けいかん》の背中《せなか》に向《む》けて、『ブラッディ・レイン』を構《かま》えていた。

驚《おどろ》いたようにローズを見《み》つめている。

「ローズ……」

と、シャドウはローズに語《かた》りかけながらゆっくりと近《ちか》づいてくる。

そして突然《とつぜん》、ローズの頬《ほお》をギュッとつねり上《あ》げた。

「いたたたた……っ！」

ローズはあわてて手《て》を振《ふ》りほどく。

「いった——いっ！　何《なに》すんのよっ！」

と、シャドウの頭《あたま》をゴツン！　と殴《なぐ》りつけた。

ローズの強烈《きょうれつ》な一撃《いちげき》に、シャドウは顔《かお》をしかめる。

「つつ……す、すまん……またジョーカーの変装《へんそう》かと思《おも》ってな」

「もう、ジョーカーはつかまってるんでしょ！」

その言葉《ことば》に、シャドウは面食《めんく》らったようだ。

「どうしてそれを……」

「だって私《わたし》たちは〈小町《こまち》の黄金菊《おうごんぎく》〉をいただきに来《き》たんだから」

「なにっ……!?」

シャドウはあわてて後《うし》ろへ飛《と》ぶ。

「……どういうことだ、ローズ」

すると、ローズのとなりにクイーンとアイが並《なら》んで、シャドウに向《む》けてそれぞれの武器《ぶき》をかまえる。

「そういうこと。今《いま》はローズは私《わたし》たちに力《ちから》を貸《か》してくれているの」

「なに……」

「それよりシャドウ、どうして今《いま》、急《きゅう》に距離《きょり》を取《と》ったの？」

「ぐっ……」

「ひょっとして、〈黄金菊《おうごんぎく》〉……金《きん》のかんざしを持《も》っているのは貴方《あなた》じゃないんですか？」

アイは静《しず》かに語《かた》りかける。

シャドウは思《おも》った。

どうやらローズも含《ふく》めて、ホンモノの〈黄金菊《おうごんぎく》〉のことも暗号《あんごう》のことも知《し》らないらしい。

「…………」

シャドウは答《こた》えずに、三人《さんにん》をにらみつける。

すると、クイーンはすべてを察《さっ》したように口《くち》を開《ひら》いた。

「なるほど。つかまる前《まえ》にジョーカーから〈黄金菊《おうごんぎく》〉を預《あず》かったのね。それが許《ゆる》せない
貴方《あなた》は、ジョーカーへ〈黄金菊《おうごんぎく》〉を叩《たた》き返《かえ》しにやってきたんじゃない？」

「！……ち、ちがう！」

「どうちがうの？　お兄《にい》ちゃん」

ローズが一歩《いっぽ》前《まえ》へ進《すす》み出《で》た。

「それは……」

シャドウは答《こた》えない。

むしろ答《こた》えたくないというように、歯《は》を食《く》いしばった。

「お兄《にい》ちゃんが持《も》っている〈黄金菊《おうごんぎく》〉、力《ちから》ずくでも渡《わた》してもらうわ」

「なっ……そもそも〈黄金菊《おうごんぎく》〉はお前《まえ》のために……いやその……」

シャドウは思《おも》わず口《くち》を滑《すべ》らせてしまい、口《くち》ごもった。

「私《わたし》のため？」

「いや、何《なん》でもねえ！」

「どういうことなの？　私《わたし》、かんざしが欲《ほ》しい、なんて言《い》ってないわよ？」

「こ、こいつは……」

シャドウは胸元《むなもと》のかんざしに手《て》を当《あ》てる。

「……いいわ。今日《きょう》の私《わたし》はシャドウ・ジョーカーの相棒《あいぼう》じゃないんだから……」

「何《なに》……」

するとローズは手《て》を前《まえ》にかざし、グッと力《ちから》をこめる。

直後《ちょくご》、ギュン！　と振動波《しんどうは》が走《はし》って、シャドウの体《からだ》を縛《しば》りつけた。

「がっ……」

シャドウは声《こえ》を出《だ》せないまま、ローズをにらみつけている。

ローズは動《うご》けなくなったシャドウに近《ちか》づき、その胸元《むなもと》から金《きん》のかんざしを取《と》り出《だ》す。

「……お兄《にい》ちゃん、ごめんね」

「……………」

「でも、お兄《にい》ちゃんも私《わたし》を信用《しんよう》してくれてないんだもの。私《わたし》もお兄《にい》ちゃんを信《しん》じることなんてできないわ。だから……私《わたし》のために何《なに》かする必要《ひつよう》なんてない」

「………」

ローズはかんざしをにぎりしめると、振《ふ》り返《かえ》って茂《しげ》みのなかへ走《はし》り去《さ》っていった。

クイーンとアイも後《あと》に続《つづ》いていく。

やがて三人《さんにん》の気配《けはい》が消《き》えたころ、シャドウの体《からだ》が動《うご》き出《だ》した。

「ぐっ……」

シャドウは『ブラッディ・レイン』を構《かま》え、近《ちか》くに飾《かざ》られていた石像《せきぞう》に向《む》かって放《はな》つ。

ドーン！　と石像《せきぞう》がはじけて、バラバラに崩《くず》れ落《お》ちた。

「………」

かんざしを奪《うば》われたことはかまわない。そもそもあれはホンモノではないのだ。

しかし……。

シャドウの心《こころ》に、ローズの言葉《ことば》がよみがえる。

『私《わたし》のために何《なに》かする必要《ひつよう》なんてない』

オレのしてきたことは、ムダだったたってことか……。

シャドウがこぶしをグッと握《にぎ》りしめたその時《とき》だった——。

庭《にわ》の向《む》こうで小《ちい》さな影《かげ》が動《うご》くのが見《み》えた。

その水色《みずいろ》の影《かげ》は、ハチの後《うし》ろ姿《すがた》だった。

ハチは空中庭園《くうちゅうていえん》を見上《みあ》げ、何《なに》かを探《さが》すようにゴソゴソと動《うご》いている。

あれは……。

「なるほど……」

シャドウは何《なに》か察《さっ》したように、近《ちか》くの茂《しげ》みのなかに潜《ひそ》み、ハチをじっと見《み》つめる。

「こうなればオレの目標《もくひょう》はただ一《ひと》つだ……」

シャドウの目《め》には、再《ふたた》び邪悪《じゃあく》な光《ひかり》が灯《とも》っていた。

7 暗《あん》号《ごう》解《かい》読《どく》！

小川《おがわ》の流《なが》れる池《いけ》の近《ちか》くで、三人《さんにん》は立《た》ち止《ど》まった。

ローズは力《ちから》を使《つか》って疲《つか》れたのか、ハァハァと息《いき》を整《ととの》えている。

「大丈夫《だいじょうぶ》？」

「ええ、大丈夫《だいじょうぶ》。少《すこ》し疲《つか》れただけ……」

ローズは深《ふか》く息《いき》を吐《は》いた。

これくらいの消耗《しょうもう》なら、もう少《すこ》し力《ちから》は使《つか》えるはずだ。

「これ……」

ローズはクイーンにかんざしを手渡《てわた》した。

「ええ……」

とクイーンは受《う》け取《と》る。

「シャドウのことはいいの？」

「大丈夫《だいじょうぶ》、今《いま》のお兄《にい》ちゃんのことは信《しん》じられないから……」

ローズは悲《かな》しく微笑《ほほえ》んだ。

「…………」

クイーンはかんざしを見《み》つめて、何《なに》やら考《かんが》えこむ。

するととなりでアイが、耳《みみ》に指《ゆび》を当《あ》てて、スペードに連絡《れんらく》を取《と》った。

「スペード様《さま》、何《なん》とか危機《きき》は脱《だっ》しました」

『お見事《みごと》だ。さすがだね、史上最強《しじょうさいきょう》のトリオなんじゃないか？』

「下手《へた》なおべんちゃらはいいわ。ロコ、様子《ようす》はどうなの？」

スペードのからかいをかわして、クイーンは冷静《れいせい》にたずねた。

『はいクイーン。ジョーカーと速水《はやみ》さんと鬼山警部《おにやまけいぶ》はまだ大広間《おおひろま》にいます』

「わかったわ。ローズ、もうすぐ速水《はやみ》に会《あ》えるわよ」

「え、ええ……」

緊張《きんちょう》しているのか、ローズはそっと胸《むね》を押《お》さえる。

「でも、私《わたし》と話《はなし》なんてしてくれるかな……」

「大丈夫《だいじょうぶ》ですよ」

アイは優《やさ》しく告《つ》げる。

「気持《きも》ちをこめて、会《あ》いたかった、とお伝《つた》えすればいいんです」

「え、会《あ》いたかった……って」

と、ローズは急《きゅう》に顔《かお》を赤《あか》くして首《くび》をぶるぶると横《よこ》に振《ふ》った。

「そ、そういうわけじゃ……！」

アイは微笑《ほほえ》み、落《お》ち着《つ》いた口調《くちょう》で続《つづ》ける。

「いいえ、いいんです。それくらいはっきり、きちんとお伝《つた》えしたほうが、男《おとこ》の方《かた》は話《はなし》を聞《き》いてくださいます」

「そ、そうなの……？」

「ふーん、そんなもんかしら？」

クイーンはまわりの男《おとこ》たちを思《おも》い浮《う》かべた。ジョーカーといいシルバーハートといい、どうもクイーンのまわりには、マトモに話《はなし》を聞《き》いてくれない男性《だんせい》が多《おお》い気《き》がする。あ、でもロコは話《はなし》を聞《き》いてくれるわね。言《い》うことも聞《き》いてくれるし。

なんて考《かんが》えながら、クイーンはロコに声《こえ》をかけた。

「大広間《おおひろま》へのルートを案内《あんない》して、ロコ」

『了解《りょうかい》。クイーン、気《き》をつけて。さきほど鬼山警部《おにやまけいぶ》は指示《しじ》を出《だ》していました。おそらくまた追《お》っ手《て》が来《く》るはずです』

ロコはクイーンを心配《しんぱい》して言《い》う。

「ふふ、安心《あんしん》しなさい。どれだけ来《こ》ようと、あの程度《ていど》の相手《あいて》ならへっちゃらよ」

クイーンがふんと鼻《はな》を鳴《な》らしたその時《とき》だった。

「本当《ほんとう》にそうかな！」

背後《はいご》に気配《けはい》を感《かん》じたと思《おも》った瞬間《しゅんかん》、衝撃《しょうげき》を受《う》けて、クイーンは前方《ぜんぽう》へふっとばされた。

クイーンは植《う》え込《こ》みに倒《たお》れこむ。

「つっ……！」

「クイーンさん！」

アイとローズはクイーンにあわてて駆《か》け寄《よ》り、助《たす》け起《お》こす。

三人《さんにん》の背後《はいご》で体勢《たいせい》を整《ととの》えたのはモモだった。クイーンの背後《はいご》から、飛《と》び蹴《げ》りを喰《く》らわせたのだ。

「背中《せなか》ががら空《あ》きだよ、怪盗《かいとう》クイーン！」

「くっ……不意打《ふいう》ちなんて卑怯《ひきょう》じゃない……」

クイーンは背中《せなか》を押《お》さえながら立《た》ち上《あ》がり、モモをにらみ返《かえ》す。

「〈小町《こまち》の黄金菊《おうごんぎく》〉、返《かえ》してもらうぜ！」

モモの背後《はいご》では、ギンコをはじめとした多数《たすう》の警官《けいかん》がこちらをにらみつけていた。

それを見《み》て、アイとローズもすぐさまかまえの姿勢《しせい》をとる。

クイーンは何《なに》やら考《かんが》えると、かんざしを頭《あたま》の結《むす》び目《め》に、器用《きよう》に挿《さ》しこんだ。クイーンの頭《あたま》で大粒《おおつぶ》のダイヤがキラリと光《ひか》る。

するとアイが、「ローズさん」と小《ちい》さい声《こえ》でつぶやいた。

「ここは私《わたし》とクイーンさんにおまかせください。ローズさんは、早《はや》く速水《はやみ》さんのところへ」

「え？　どうして？」

「私《わたし》たちがここで彼女《かのじょ》たちを食《く》い止《と》めます。そのあいだにローズさんだけで屋敷《やしき》に侵入《しんにゅう》してください」

「え、そんな……」

『ナイスアイデアだ、ダークアイ』

耳《みみ》のなかからスペードの声《こえ》が聞《き》こえる。

『ローズ、そこは二人《ふたり》にまかせるんだ。体力《たいりょく》が残《のこ》っているうちに、なかへ入《はい》ろう。ボクらが安全《あんぜん》なルートを指示《しじ》する』

「でも……」

「大丈夫《だいじょうぶ》です。スペード様《さま》がついています」

と、アイはローズへ向《む》き直《なお》って、端末《たんまつ》のマイクに拾《ひろ》われないよう小声《こごえ》で話《はな》しかけた。

「ローズさん、速水《はやみ》さんに素直《すなお》なお気持《きも》ちをお伝《つた》えくださいね」

「気持《きも》ち……？」

「今《いま》のローズさんのお気持《きも》ちです。いつか伝《つた》えようと思《おも》っていると、チャンスを逃《のが》してしまいますよ……」

「…………」

アイはローズのほうを見《み》て、小《ちい》さく微笑《ほほえ》んだ。

その微笑《ほほえ》みに少《すこ》し悲《かな》しみが混《ま》じっていることにローズが気《き》づく前《まえ》に、モモの叫《さけ》び声《ごえ》が聞《き》こえ、クイーンが迎《むか》え撃《う》つ。

「キェエエエエィ！」

「ヤァァァァアア！」

クイーンとモモの戦《たたか》いがはじまったのだ。

「さあ、行《い》ってください！」

アイはホルダーからマイクを出《だ》して、警官《けいかん》に向《む》けてかまえながら叫《さけ》んだ。

「……うん！」

ローズは強《つよ》くうなずくと、アイに何《なに》やらカギのようなものを手渡《てわた》す。

「これは……？」

「庭先《にわさき》に、お兄《にい》ちゃんのバイクが停《と》まってるはずよ。さっきついでに盗《ぬす》んだの」

ローズはニコッと笑《わら》うと、屋敷《やしき》に向《む》かって一目散《いちもくさん》に駆《か》け出《だ》した。


大広間《おおひろま》では静《しず》かな時間《じかん》が流《なが》れていた。

外《そと》からはけたたましい警報音《けいほうおん》や、警官《けいかん》たちの戦《たたか》いの声《こえ》が聞《き》こえてくる。

それとは対照的《たいしょうてき》に、広間《ひろま》の三人《さんにん》はじっと黙《だま》りこみ、何《なに》か思《おも》いを持《も》って、静《しず》かに時《とき》を過《す》ごしているようだった。

「鬼山警部《おにやまけいぶ》、行《い》かなくていいのか？」

ジョーカーがたずねると、鬼山《おにやま》は低《ひく》い声《こえ》で答《こた》える。

「外《そと》のことは部下《ぶか》にまかせてある。ワシはお前《まえ》を見張《みは》らねばならんからな」

「ふーん、信頼《しんらい》してるんだな」

ジョーカーは手錠《てじょう》をカチャリと鳴《な》らして、口《くち》を開《ひら》いた。

「警部《けいぶ》、本当《ほんとう》に警察《けいさつ》やめるのか？」

「ふふふ、お前《まえ》がそこでとらわれている以上《いじょう》、そんなことにはならん。それともひょっとしてさびしいのか？」

「へっ、かえってせいせいするさ！」

ジョーカーは軽口《かるくち》をたたいて、そっぽを向《む》いた。

その視線《しせん》の先《さき》には、じっと黙《だま》って考《かんが》えこんでいる速水《はやみ》がいる。

どうやらまだ、暗号《あんごう》の謎《なぞ》が解《と》けていないらしい。

よし……このまま時間《じかん》が来《く》れば……。

ジョーカーは心《こころ》の奥《おく》でニヤリと笑《わら》った。

とその時《とき》、ピピと小《ちい》さな電子音《でんしおん》が鳴《な》った。どうやら鬼山《おにやま》の腕時計《うでどけい》のようだ。

あわてて時計《とけい》を見《み》る鬼山《おにやま》に、ジョーカーがたずねる。

「警部《けいぶ》、なんだよその音《おと》？」

「こ、これは娘《むすめ》のハルカがワシの腕時計《うでどけい》にアラームをセットしてくれたんだ。事件《じけん》が続《つづ》くと、どうしても寝不足《ねぶそく》になるから、アラームが鳴《な》ったら寝《ね》る準備《じゅんび》をするようにとな」

「はは、優《やさ》しいじゃん。寝《ね》ちまってもいいんだぜ？」

「ふん、お前《まえ》を無事《ぶじ》つかまえたら存分《ぞんぶん》に激《げき》、寝《ね》てやる！　それまではたとえ〈黄金菊《おうごんぎく》〉の香《かお》りをかがされようと眠《ねむ》らん！」

「へへへ、言《い》うじゃねえか」

すると二人《ふたり》の会話《かいわ》を聞《き》いて、速水《はやみ》が何《なに》やらハッと顔《かお》を上《あ》げる。

「アラーム……、時刻《じこく》を知《し》らせる……」

とつぶやいて、「なるほど、そういうことやったんか」と、うすく笑《わら》った。

「鬼山《おにやま》はん、おおきにや。暗号《あんごう》の謎《なぞ》が解《と》けたわ」

「な、なんだと？」

鬼山《おにやま》が驚《おどろ》いたように振《ふ》り返《かえ》った。

「聞《き》こうじゃねえか」

ジョーカーの声《こえ》に、速水《はやみ》はキコキコと車椅子《くるまいす》を動《うご》かして、檻《おり》の前《まえ》へやってきた。

「『1つが3つ並《なら》ぶ』という言葉《ことば》が表《あらわ》す時間《じかん》……、たしかに鬼山《おにやま》はんが言《い》う1時《じ》11分《ぷん》という考《かんが》え方《かた》も一理《いちり》はあるけど、『1つ』という言《い》い方《かた》が気《き》になったんや」

「同感《どうかん》だな」

「『1つ』という言《い》い方《かた》で、時間《じかん》を表《あらわ》すこと……。たとえば昔《むかし》から日本《にほん》では、昼《ひる》の休憩《きゅうけい》を『おやつ』という。この『おやつ』は『八《やっ》つ』という言葉《ことば》が変化《へんか》して、伝《つた》わった言葉《ことば》やという説《せつ》があるんや」

「ああ、そのとおり」

ジョーカーはうなずいた。

「この『八《やっ》つ』という数《かず》は何《なん》のことか。それは……鐘《かね》の数《かず》や」

「……………」

「昔《むかし》は時刻《じこく》を報《しら》せるために鐘《かね》を鳴《な》らしとった。現代《げんだい》の時計《とけい》のアラームみたいなもんやな」

鬼山《おにやま》は「ふむ」とつぶやいて、腕時計《うでどけい》をそっと触《さわ》る。

「そして鐘《かね》の数《かず》で時刻《じこく》がわかったんや。昼《ひる》に『八《やっ》つ』の鐘《かね》が鳴《な》ったら一休《ひとやす》みや、とな」

そうつぶやくと、速水《はやみ》は車椅子《くるまいす》を動《うご》かして、部屋《へや》をゆっくりと回《まわ》りはじめた。

「そして今《いま》、この家《いえ》のなかで鐘《かね》と同《おな》じように時刻《じこく》を知《し》らせるものは、まさしく『時計《とけい》の鐘《かね》』の音《おと》や。この家《いえ》の時計《とけい》は、30分《ぷん》に一度《いちど》、鐘《かね》を鳴《な》らす。たとえば5時《じ》ぴったりの時刻《じこく》では、5回鳴《かいな》り、それぞれの間《あいだ》の30分《ぷん》の時《とき》は一度《いちど》ずつ。そうやって屋敷《やしき》のものに時刻《じこく》を知《し》らせとったんや」

たしかにそのとおりだ、と鬼山《おにやま》は思《おも》った。

鬼山《おにやま》が速水《はやみ》を迎《むか》えた時《とき》も、ちょうど11時《じ》30分《ぷん》の鐘《かね》が1つだけ鳴《な》った。

「つまり、暗号《あんごう》の〈1つ〉とは鐘《かね》が1つ鳴《な》る時刻《じこく》のことや。ならば、〈1つが3つ並《なら》ぶ時《とき》〉というのはいつのことか……ここがポイントや。そんな時刻《じこく》があるのか？」

「…………」

ジョーカーは速水《はやみ》がこれから言《い》わんとすることを理解《りかい》しているように、じっと目《め》をつぶって聞《き》いていた。

「5時《じ》に5つの鐘《かね》が鳴《な》るとすれば、1時《じ》には1つだけ鐘《かね》が鳴《な》る。そして、その前後《ぜんご》の30分《ぷん》……12時《じ》30分《ぷん》と、1時《じ》30分《ぷん》にもそれぞれ鐘《かね》は一回《いっかい》ずつ鳴《な》るんや。つまり、12時《じ》30分《ぷん》、1時《じ》、1時《じ》30分《ぷん》のこの連続《れんぞく》した〈3つ〉の時刻《じこく》に鳴《な》る鐘《かね》は〈1つ〉だけ。これが〈1つが3つ並《なら》ぶ時《とき》〉のことや」

速水《はやみ》は静《しず》かに淡々《たんたん》と話《はな》していく。

まるで頭《あたま》のなかの考《かんが》えを順序良《じゅんじょよ》く押《お》し出《だ》しているように推理《すいり》を述《の》べていった。

「〈1つが3つ並《なら》ぶ時《とき》〉の〈はじめと次《つぎ》の1つ〉とは、すなわち12時《じ》30分《ぷん》から1時《じ》のこと。その時間《じかん》に『黄金菊《おうごんぎく》』は咲《さ》くんや」

そう言《い》うと、速水《はやみ》は腕時計《うでどけい》をかかげる。

「だからすでに花《はな》は咲《さ》いとる。あと5分《ふん》がタイムリミットや……」

その時計《とけい》の針《はり》は、12時《じ》55分《ふん》を指《さ》していた。

ジョーカーがゆっくりと目《め》を開《ひら》いた。

「なるほどな、そのとおりだろう。なら、〈場所《ばしょ》〉はどこなんだ?」

「場所《ばしょ》は時刻《じこく》がわかれば、自然《しぜん》とわかる。この屋敷《やしき》は巨大《きょだい》な丸《まる》い庭園《ていえん》のど真《ま》ん中《なか》に建《た》っとる。まるで大《おお》きな時計《とけい》の真《ま》ん中《なか》や。つまり12時《じ》30分《ぷん》の指《さ》す場所《ばしょ》は……」

速水《はやみ》は窓《まど》を指差《ゆびさ》した。真北《まきた》よりも少《すこ》し東《ひがし》に寄《よ》っている方角《ほうがく》だ。

屋敷《やしき》をぐるりと取《と》り囲《かこ》む、ドーナツ型《がた》の空中庭園《くうちゅうていえん》がその先《さき》に見《み》えている。

「空中庭園《くうちゅうていえん》のあの一画《いっかく》、そこが〈小町《こまち》の黄金菊《おうごんぎく》〉が咲《さ》いとる場所《ばしょ》や」

「…………」

「どうや？　キミもおそらく同《おな》じ考《かんが》えをたどったやろう？」

ジョーカーはぐっと目《め》に力《ちから》をこめた。

「そして、そのためにキミはここへ戻《もど》ったんやないか？」

速水《はやみ》はそこに気《き》づいて、フフフと笑《わら》う。

「屋敷《やしき》のなかに入《はい》り込《こ》み、すきを見《み》て逃《に》げ出《だ》そうとしたが少《すこ》し遅《おそ》かった。君《きみ》は今《いま》やとらわれの身《み》や。そこから逃《に》げられなければどうしようもあらへんな」

「…………」

ジョーカーは黙《だま》って、じっと速水《はやみ》を見《み》つめている。

正直《しょうじき》、予想外《よそうがい》の早《はや》さだった。

速水《はやみ》はこの短時間《たんじかん》ですべての謎《なぞ》を解《と》いてしまったのだ。

ジョーカーはその頭脳《ずのう》の明晰《めいせき》さに感動《かんどう》すらしていた。

しかし……。

「そこから逃《に》げようとしてもムダや。ボクがずっと見張《みは》ってるんやで」

「さーて、それはどうかな？」

ジョーカーはニヤリと笑《わら》って言《い》った。

「暗号《あんごう》の答《こた》えはおそらくご名答《めいとう》さ。でもな、その二手三手先《にてさんてさき》を考《かんが》えるのが怪盗《かいとう》だ。オレはきちんと〈黄金菊《おうごんぎく》〉をいただくぜ！」

ジョーカーが叫《さけ》んだその時《とき》だった。

ゴーーーン！

と鐘《かね》の音《ね》がひびいた。

1時《じ》になったのだ。

速水《はやみ》は得意《とくい》げに笑《わら》った。

「ハッハッハ！　時間《じかん》や。花《はな》は枯《か》れてしもうたな！　ボクも『黄金菊《おうごんぎく》』を拝《おが》めんかったのは残念《ざんねん》やったけどな！」

「………」

ジョーカーがじっと速水《はやみ》をにらみつける。

——がその時《とき》、思《おも》いもよらないことが起《お》こった。

〝ゴーーーン！〟

二《ふた》つ目《め》の鐘《かね》が鳴《な》ったのだ。

「なっ……！」

速水《はやみ》は驚《おどろ》いたように、宙《ちゅう》を見上《みあ》げる。

つづいて、〝ゴーーーン！〟と三《みっ》つ目《め》の鐘《かね》が鳴《な》り響《ひび》いた。

「あ、ありえへん！」

速水《はやみ》はあわてて腕時計《うでどけい》を見《み》る。

まちがいなく午前《ごぜん》1時《じ》を指《さ》していた。

「なぜや！　1時《じ》には一回《いっかい》しか鐘《かね》は鳴《な》らんはず！」

だが、速水《はやみ》の悲痛《ひつう》な声《こえ》をかき消《け》すかのように、〝ゴーン！〟〝ゴーン！〟と続《つづ》けざまに幾《いく》度《ど》も鐘《かね》は鳴《な》り続《つづ》ける。

「どういうことや!?」

速水《はやみ》はすっかり混乱《こんらん》して、車椅子《くるまいす》の方向《ほうこう》をあちらこちらへと変《か》える。いまだに鐘《かね》は鳴《な》り続《つづ》けている。

「なぜか聞《き》きたいか？」

ジョーカーの声《こえ》が、静《しず》かにひびいたのはその時《とき》だった。

不敵《ふてき》な笑《え》みを浮《う》かべたまま、ジョーカーは速水《はやみ》を見《み》つめていた。

「……ジョーカー、お前《まえ》が細工《さいく》したんか！」

「まさか。時計《とけい》の鐘《かね》だけ細工《さいく》しても意味《いみ》ないだろう？」

「だったらどうして……？」

「最初《さいしょ》に気《き》づいたのは、12時《じ》の鐘《かね》が鳴《な》った時《とき》さ。あの時《とき》オレは、シャドウと一緒《いっしょ》にいて、鐘《かね》の音《おと》を聞《き》いた。だが、その時《とき》おかしなことに気《き》づいたんだ」

「おかしなこと？」

「鐘《かね》が11回《かい》しか鳴《な》らなかったのさ」

「なんやと⁉」

「ああ、まちがいない。確《たし》かに一回《いっかい》足《た》りなかった。最初《さいしょ》は数《かぞ》えまちがえたかと思《おも》ったよ。けど、この屋敷《やしき》の主人《しゅじん》がシンガポールを拠点《きょてん》に仕事《しごと》をしていたこと、そして日本《にほん》では外部《がいぶ》と一切接触《いっさいせっしょく》しない生活《せいかつ》を続《つづ》けていた、とお前《まえ》が言《い》ったことで謎《なぞ》が解《と》けた。なぜ、この家《いえ》の時計《とけい》が1時間《じかん》ずれていたか……」

その言葉《ことば》を聞《き》き、速水《はやみ》も何《なに》かに気《き》づいた。

「なっ……時差《じさ》か！」

「そのとおり」

また部屋《へや》の鐘《かね》が、〝ゴーン！〟と鳴《な》った。

ジョーカーはその音《おと》に合《あ》わせるかのように、得意《とくい》げに立《た》ち上《あ》がる。

「この屋敷《やしき》の主人《しゅじん》はこの家《いえ》の時計《とけい》をすべてシンガポールの時間《じかん》、つまり日本《にほん》より1時間遅《じかんおそ》い時間《じかん》に合《あ》わせていたのさ。だからこの家《いえ》の時計《とけい》が11時《じ》を指《さ》す時《とき》は、本当《ほんとう》は12時《じ》。だから、今《いま》の1時《じ》はここの時計《とけい》では……」

「12時《じ》……。つまり12回《かい》、鐘《かね》が鳴《な》るんか……」

「そう、この家《いえ》で〈1つが3つ並《なら》ぶ時《とき》〉というのは、時計《とけい》が12時《じ》30分《ぷん》、1時《じ》、1時《じ》30分《ぷん》を示《しめ》すとき。つまり、日本時刻《にほんじこく》で1時《じ》30分《ぷん》、2時《じ》、2時《じ》30分《ぷん》の三回《さんかい》、〈そのはじめの1つ〉というのは……、午前《ごぜん》1時《じ》30分《ぷん》だ！」

「くっ……まだ花《はな》は咲《さ》いていない。咲《さ》くのは30分後《ぷんご》というわけか……」

速水《はやみ》はそのことに気《き》づいて、ぐっと唇《くちびる》を噛《か》みしめる。

が、すぐに思《おも》い直《なお》してジョーカーをにらみつけた。

「けどな、それまでに鬼山警部《おにやまけいぶ》に言《い》って、空中庭園《くうちゅうていえん》の一帯《いったい》を包囲《ほうい》してしまえばええんやないか？」

「うむ、そのとおりだ」

鬼山《おにやま》も速水《はやみ》と同様《どうよう》に、ジョーカーをじっとにらむ。

しかしジョーカーは、余裕《よゆう》の表情《ひょうじょう》を崩《くず》さなかった。

「ひひ、オレがどうしてここでじっとしていたと思《おも》う？　お前《まえ》たちはオレを閉《と》じこめたつもりだったかもしれないけれど、閉《と》じこめられていたのはお前《まえ》たちのほうなのさ」

「なんやと？」

「なにっ!?」

「ちょうど時間《じかん》だ！」

ジョーカーが叫《さけ》んだその時《とき》、〝ゴーーン！〟と12回目《かいめ》の鐘《かね》が鳴《な》り響《ひび》いた。

直後《ちょくご》、窓《まど》の外《そと》でゴゴゴゴ！　と地鳴《じな》りのような音《おと》が聞《き》こえた。

「なっ、なんやこの音《おと》は！」

「やってくれ、ハチ！」

『ハイッス！』

ジョーカーが手《て》に隠《かく》していた端末《たんまつ》から、ハチの声《こえ》が聞《き》こえた。

速水《はやみ》があわてて窓《まど》の外《そと》を見《み》ると、屋敷《やしき》から見《み》てちょうど北東《ほくとう》の方向《ほうこう》、つまり1時《じ》30分《ぷん》の方向《ほうこう》にあるドーナツ状《じょう》の空中庭園《くうちゅうていえん》の一画《いっかく》が、ごう音《おん》を上《あ》げながら、ゆっくりと宙《ちゅう》に浮《う》かぼうとしていた。

「オレがつかまっている間《あいだ》に、優秀《ゆうしゅう》な助手《じょしゅ》が作業《さぎょう》を終《お》えてくれたのさ！」

「なっ……庭園《ていえん》ごと盗《ぬす》む気《き》か!?」

「あと30分後《ぷんご》に〈黄金菊《おうごんぎく》〉が咲《さ》く。そのころには、オレたちは庭園《ていえん》ごと空《そら》の向《む》こうだ！」

いつのまにかジョーカーは、手錠《てじょう》をはずし檻《おり》から飛《と》び出《だ》していた。

天井《てんじょう》に向《む》けてカードを投《な》げると、ドン！　と爆発《ばくはつ》して、ぽっかりと穴《あな》があく。

ジョーカーはすばやくバルーンガムを頭上《ずじょう》にかかげ、ふわりと浮《う》かび上《あ》がる。

「では約束《やくそく》どおり、〈小町《こまち》の黄金菊《おうごんぎく》〉はいただいていくぜ！　ごきげんよう！」

ジョーカーは、天井《てんじょう》の穴《あな》に向《む》けて飛《と》びはじめた。

がその時《とき》、ジョーカーの足《あし》がグッと重《おも》くなる。

「なっ……!?」

「ぐっ……ぜったい、ぜったい逃《に》がさんぞ、ジョーカー！」

鬼山《おにやま》がジョーカーの足《あし》にしがみついたのだ。

「警部《けいぶ》……!?」

「今回《こんかい》は貴様《きさま》をぜったいに激逮捕《げきたいほ》しなければならんのだぁっ！」

鬼山《おにやま》は必死《ひっし》でジョーカーの体《からだ》に喰《く》らいついた。

「くっ、離《はな》せよ警部《けいぶ》！」

ジョーカーが必死《ひっし》に鬼山《おにやま》を引《ひ》きはがそうとした時《とき》、鬼山《おにやま》の手《て》が何《なに》かに触《ふ》れた。

「つたく、離《はな》せってば！」

と、ジョーカーは鬼山《おにやま》を振《ふ》りほどく。

「わわっ！」

鬼山《おにやま》の手《て》がジョーカーの体《からだ》から何《なに》かをはがして、同時《どうじ》に地面《じめん》に落《お》ちた。

落下《らっか》した鬼山《おにやま》が見上《みあ》げると、ちょうど天井《てんじょう》の穴《あな》を通《とお》って、ジョーカーが夜空《よぞら》へ飛《と》び出《だ》していくところだった。

「ジョーカーぁぁぁあっ!!」

穴《あな》から見《み》えた夜空《よぞら》には、ジョーカーの飛行船《ひこうせん》、スカイジョーカーから幾本《いくほん》ものワイヤーで吊《つ》り下《さ》げられた、庭園《ていえん》の一画《いっかく》が見《み》えている。

「くっ……」

鬼山《おにやま》は悔《くや》しそうに、床《ゆか》にこぶしをたたきつける。

その手《て》には、『J《ジェイ》』の形《かたち》に作《つく》られた金色《きんいろ》のバッジがにぎられていた。

8 最後《さい》の対決《たいけつ》

ハチの運転《うんてん》するスカイジョーカーがゆっくり上昇《じょうしょう》していく下《した》で、ブロロロロ！　といきおいよくエンジンの音《おと》が聞《き》こえた。

シャドウの愛車《あいしゃ》、ブラックスピーダーの音《おと》だ。

シートにまたがって前《まえ》を見《み》すえているのはアイだった。

「クイーンさん、早《はや》く！」

アイが振《ふ》り返《かえ》って叫《さけ》ぶと、クイーンはくるりと宙返《ちゅうがえ》りして、バックシートにストンと降《お》り立《た》つ。

「おまたせ！」

クイーンが叫《さけ》ぶと同時《どうじ》に、バイクが走《はし》り出《だ》した。

「おっとっと」

クイーンはあわててアイの肩《かた》につかまる。アイは精密《せいみつ》にハンドルを操作《そうさ》しながら、庭園《ていえん》のなかの通路《つうろ》を、すさまじい勢《いきお》いで駆《か》けていく。

『クイーン、ダークアイ。首尾《しゅび》はどうだい？』

「警官《けいかん》の数《かず》が多《おお》すぎるわよ！　なんとか振《ふ》り切《き》って逃《に》げてきたとこ！」

『たしかに。それに例《れい》の二人組《ふたりぐみ》はあきらめていないようだな』

「!?……」

クイーンが振《ふ》り返《かえ》ると、背後《はいご》に数台《すうだい》のパトカーのパトランプが回《まわ》りながら、こちらへ迫《せま》ってくる。その先頭《せんとう》を走《はし》っているのはギンコとモモの乗《の》ったミニパトだ。

まさしく『デビルチェイサー』の本領発揮《ほんりょうはっき》だった。

「待《ま》ちやがれ、怪盗《かいとう》クイーン！」

「逃《に》がさないよ！」

ギンコはアクセルをさらに踏《ふ》みこんだ。

スピードが上《あ》がり、前《まえ》を行《い》くバイクとの距離《きょり》を縮《ちぢ》めていく。

「ダークアイ、追《お》いつかれるわ！」

「おまかせください。細《ほそ》い道《みち》を行《い》きます」

そう言《い》うとアイはハンドルを切《き》って、迷路《めいろ》のような道《みち》へ入《はい》った。ぎりぎり車《くるま》が通《とお》れるくらいの道《みち》だ。左右《さゆう》に広《ひろ》がる生垣《いけがき》に触《ふ》れぬよう、スピードを落《お》とさずに正確《せいかく》なハンドルさばきで走《はし》っていく。

がその時《とき》、背後《はいご》からすさまじいエンジン音《おん》が聞《き》こえてきた。

見《み》ると、生垣《いけがき》のすきまを同《おな》じような正確《せいかく》さで二人《ふたり》を追《お》いかけてくるミニパトの姿《すがた》があった。

「待《ま》ちやがれーー！　デビルチェイサーを振《ふ》り切《き》ろうなんぞ、一千億年《いっせんおくねん》はええっ！」

こちらも元《もと》プロレーサーの見事《みごと》な運転《うんてん》で、少《すこ》しずつバイクとの距離《きょり》を縮《ちぢ》めていく。

「いくぜ、覚悟《かくご》しやがれ！　『パワー・ウィンチ』！」

ギンコが力強《ちからづよ》く、ハンドル横《よこ》のボタンを押《お》した。

するとミニパトの前部《ぜんぶ》がパカンと開《ひら》き、大《おお》きな手《て》のようなものがついたアームが飛《と》び出《だ》した。アームはまっすぐに飛《と》んで、ブラックスピーダーの後部《こうぶ》にガチャリと取《と》り付《つ》く。

「！」

「つかまえた！」

そのワイヤーを綱渡《つなわた》りのように伝《つた》って、モモがこちらへ向《む》かって走《はし》ってきた。

「御用《ごよう》だぁぁぁ！」

モモがトンファーを取《と》り出《だ》して、握《にぎ》りの仕《し》掛《か》けをカチャリと回《まわ》す。

トンファーに刃《は》のような剣先《けんさき》が飛《と》び出《だ》した。

「ダークアイ、運転《うんてん》よろしく！」

クイーンはバックシートに立《た》ち上《あ》がると、バランスを取《と》って剣《けん》をかまえた。


大広間《おおひろま》の窓《まど》から、鬼山《おにやま》は外《そと》を見《み》ていた。

今回《こんかい》も同《おな》じようにジョーカーを逃《のが》してしまった……。

鬼山《おにやま》の視線《しせん》の先《さき》で、今《いま》もスカイジョーカーは上昇《じょうしょう》を続《つづ》けている。

しかし鬼山《おにやま》に、それを追《お》いかける術《すべ》はなかった。

地上《ちじょう》の警官《けいかん》と、新《あたら》しい武器《ぶき》に予算《よさん》をかけすぎて、今回《こんかい》は空《そら》の追跡《ついせき》まではお金《かね》が回《まわ》らなかったのだ。

終《お》わりだ……。

これでもうジョーカーを追《お》いかけることもないだろう。

明日《あした》、辞表《じひょう》を提出《ていしゅつ》しよう。

鬼山《おにやま》は肩《かた》を落《お》とし、その大《おお》きな頭《あたま》をゆっくりと前《まえ》へ下《さ》げた。

広間《ひろま》から廊下《ろうか》に出《で》てきた速水《はやみ》は、窓《まど》の先《さき》に広《ひろ》がる森《もり》を見《み》つめ、ぐっとこぶしをにぎりしめた。

「……またジョーカーにやられてしもうたか……」

速水《はやみ》は人前《ひとまえ》で感情《かんじょう》をあらわにすることは嫌《きら》いだった。

推理《すいり》とは、冷静沈着《れいせいちんちゃく》にあらゆる感情《かんじょう》をはずして考《かんが》えることでもある。スムースな推理《すいり》にとって、感情《かんじょう》は不必要《ふひつよう》なものだった。

感情《かんじょう》を押《お》し殺《ころ》して犯人《はんにん》を追《お》いつめる……。

それは速水《はやみ》の探偵《たんてい》としてのポリシーだ。

しかし……シンガポールに続《つづ》き、今回《こんかい》もジョーカーを取《と》り逃《に》がしてしまった。

この悔《くや》しい思《おも》いを整理《せいり》するのは難《むずか》しい。

速水《はやみ》がじっと心《こころ》を落《お》ち着《つ》けようとしていた時《とき》、廊下《ろうか》の向《む》こうからだれかが走《はし》ってくる足《あし》音《おと》が聞《き》こえた。

速水《はやみ》は振《ふ》り返《かえ》り、ぼう然《ぜん》と見《み》つめる。

「キミは……」

足音《あしおと》が止《と》まった。

そこには、少《すこ》し息《いき》を弾《はず》ませたローズが立《た》っていた。


すさまじい斬《き》り合《あ》いが続《つづ》いていた。

ワイヤーの上《うえ》でバランスを取《と》りながら、ガキン！　ガキン！　とクイーンの大剣《だいけん》とトンファー刀《がたな》がぶつかるたび、火花《ひばな》が散《ち》る。それぞれの間合《まあ》いはすでに近《ちか》づいている。接近戦《せっきんせん》となったため、モモはトンファーをくるりと回《まわ》しては、クイーンにパンチやキックをくり出《だ》す。

するどい打撃《だげき》にあわてつつも、クイーンは的確《てきかく》に攻撃《こうげき》を受《う》け止《と》めて、力《ちから》を受《う》け流《なが》していく。非力《ひりき》なクイーンだからこそ身《み》につけた、流《なが》れるような戦《たたか》い方《かた》だった。

「やるね、クイーン！」

「警察《けいさつ》には負《ま》けない！」

モモのパンチが鼻先《はなさき》をかすめる。

クイーンはかがんで避《よ》けると、そのまま体当《たいあ》たりしようとモモへ体《からだ》を押《お》し付《つ》ける。が、
モモはそのベルトをつかんで、大《おお》きく投《な》げようと体《からだ》を倒《たお》す。

「終《お》わりだよ！」

その時《とき》、アイは大《おお》きくハンドルを切《き》った。

ワイヤーが左右《さゆう》に揺《ゆ》れて、モモのバランスが崩《くず》れる。

「くっ！」

クイーンはすかさず体勢《たいせい》を戻《もど》そうとするが、同時《どうじ》にギンコがスピードを上《あ》げてワイヤー
をたるませた。二人《ふたり》はジャンプして、それぞれの車体《しゃたい》へ戻《もど》った。

「ありがとう、ダークアイ」

「クイーンさん、もうすぐ森《もり》を抜《ぬ》けます！」

「オッケー」

一方《いっぽう》でミニパトの天井《てんじょう》に飛《と》び乗《の》ったモモも、ギンコと無線《むせん》で会話《かいわ》をかわす。

「チィ、さすが怪盗《かいとう》クイーン。意外《いがい》に手《て》ごわいね」

「まかせとけ、ターボを使《つか》って体当《たいあ》たりだ！」

「了解《りょうかい》！」

モモが足《あし》を踏《ふ》みしめると同時《どうじ》に、ギンコがハンドルの横《よこ》のボタンをグイッと押《お》した。

リアエンジンがパカッと開《ひら》いて、ロケットの噴射口《ふんしゃこう》のような機械《きかい》が飛《と》び出《だ》す。

「『ニトロターボ』、オンッ！」

ギンコはリミッターをはずし、アクセルペダルの横《よこ》についているペダルをグイッと踏《ふ》みこんだ。

ドドドド！　とエンジンの回転数《かいてんすう》が上《あ》がって、噴射口《ふんしゃこう》から炎《ほのお》のようなジェットが噴《ふ》き出《だ》した。一瞬《いっしゅん》ミニパトが宙《ちゅう》に浮《う》いた。

直後《ちょくご》、すさまじい猛《もう》スピードでブラックスピーダーに向《む》かって突《つ》き進《すす》んでいく。

モモがトンファーをかまえた。

「行《い》くよ、クイーン！」

「来《き》なさいっ！」

クイーンは正面《しょうめん》で剣《けん》を構《かま》える。

モモがクイーンに近《ちか》づいた瞬間《しゅんかん》、森《もり》を抜《ぬ》け、アイがハンドルを切《き》る。

その先《さき》は崖《がけ》だった。

クイーンとモモの体《からだ》は空中《くうちゅう》へ投《な》げ出《だ》されて、宙《ちゅう》で激《はげ》しい刀《かたな》の斬《き》り合《あ》いがはじまった。

互《たが》いに譲《ゆず》らず、激《はげ》しくその剣先《けんさき》がぶつかり合《あ》う。

が、力勝負《ちからしょうぶ》ではモモに分《ぶ》があった。

「おりゃあああ！」

と力《ちから》まかせに押《お》し出《だ》したモモのトンファーが、クイーンの剣《けん》を弾《はじ》き飛《と》ばした。

「あ！」

「いただきぃ！」

モモがトンファーを振《ふ》り下《お》ろす。その剣先《けんさき》がクイーンの肩《かた》に届《とど》くその瞬間《しゅんかん》——、
ガキィイイン！

と、トンファーが止《と》まった。

「なにっ！」

止《と》めたのは、クイーンが頭《あたま》から取《と》り出《だ》した黄金《おうごん》のかんざしだった。

「うそっ……」

「ぎぎぎ……！」

クイーンはかんざしの先《さき》をトンファーに押《お》し出《だ》す。そのままの体勢《たいせい》で二人《ふたり》は崖際《がけぎわ》の地面《じめん》に落《お》ちた。土煙《つちけむり》を上《あ》げながらゴロゴロと転《ころ》がり、二人《ふたり》は崖《がけ》に落《お》ちるギリギリの岩場《いわば》で倒《たお》れこんだ。

「クイーンさん！」

「モモ、大丈夫《だいじょうぶ》か！」

アイとギンコがそれぞれの車体《しゃたい》を止《と》めて、駆《か》け寄《よ》る。

はぁはぁと息《いき》を整《ととの》えながら、モモは立《た》ち上《あ》がった。

「……かんざしを使《つか》うなんて……」

するとクイーンもゆっくりと体《からだ》を起《お》こし、目《め》の前《まえ》にかんざしをかかげた。

かんざしがぷぅっとふくれて、パァン！　と弾《はじ》け飛《と》ぶ。

「なっ……!?」

モモとギンコが目《め》を丸《まる》くして驚《おどろ》く。

「はぁはぁ……いくら私《わたし》でも、お宝《たから》を使《つか》うわけないじゃない。これはあなたたちをここまでおびき出《だ》すためのエサよ」

そう言《い》うとクイーンはニヤリと笑《わら》った。

ローズは黄金《おうごん》のかんざしを、胸元《むなもと》から取《と》り出《だ》した。

クイーンが背中《せなか》からモモに蹴《け》り飛《と》ばされた時《とき》、こっそりイメージガムでかんざしのニセモノを作《つく》り、本物《ほんもの》はローズに渡《わた》していたのだ。

「それは……」

速水《はやみ》はぼう然《ぜん》とローズを見上《みあ》げる。

「お兄《にい》ちゃんがここから盗《ぬす》んだかんざしです。これを返《かえ》しに来《き》たの。せめてものおわびに……」

「…………」

速水《はやみ》はかんざしをじっと見《み》つめたあと、

「それは受《う》け取《と》れんな」

と言《い》った。

「それはシャドウとジョーカーがここから盗《ぬす》み出《だ》したもんや。ボクの力《ちから》で取《と》り返《かえ》したもんやあらへんからな」

「でも、私《わたし》はお兄《にい》ちゃんから盗《ぬす》んできたのよ」

「…………」

「受《う》け取《と》れないのは、私《わたし》が……怪盗《かいとう》だからですか？」

「…………」

速水《はやみ》はキコキコと車椅子《くるまいす》を回《まわ》して、窓《まど》の外《そと》を見《み》つめた。

ジョーカーによって空中庭園《くうちゅうていえん》の一画《いっかく》がなくなっている。そこだけドーナツがかじり取《と》られたようだった。

「……はじめて会《あ》った時《とき》から、君《きみ》が怪盗《かいとう》かもしれんとは思《おも》っとった」

「え……？」

ローズは驚《おどろ》いたように速水《はやみ》を見《み》つめる。

「正確《せいかく》には、ジョーカーやシャドウを知《し》っとる子《こ》なんやろうと感《かん》じたんや。話《はな》した時《とき》、あの二人《ふたり》についていて妙《みょう》に親《した》しみを持《も》っとったからな」

「そんな……」

ローズはショックを受《う》けて、小《ちい》さく声《こえ》を上《あ》げる。

「でも……わかってたなら、どうして私《わたし》と話《はなし》をしたんですか？」

「ジョーカーやシャドウ、その情報《じょうほう》を引《ひ》き出《だ》せるかもと思《おも》ったんや。けど話《はな》してるうちに、君《きみ》が悪《わる》いヤツには思《おも》えんようになってきた」

「…………」

「君《きみ》が不思議《ふしぎ》な力《ちから》を使《つか》えると知《し》っとったら、作戦《さくせん》も見《み》せへんかったわ」

「そうだったんですね……」

ローズはこぶしをきゅっと握《にぎ》りしめるとつぶやいた。

「……ごめんなさい」

すると速水《はやみ》は小《ちい》さく微笑《ほほえ》んで言《い》った。

「ええんや、それはボクのミスや。まさかシャドウの妹《いもうと》が超能力《ちょうのうりょく》を使《つか》えるとは思《おも》わんかった」

「…………」

ローズは何《なに》も言《い》えず、静《しず》かにうつむく。

と、速水《はやみ》が何《なに》か気《き》がついたように口《くち》を開《ひら》いた。

「なるほど、妹《いもうと》か……。シャドウがまっすぐなんはそういうことやったんやな」

「え？」

「あの時《とき》シンガポールで話《はな》したやろ？　ボクとシャドウの違《ちが》いや。なぜシャドウは考《かんが》えなしにお宝《たから》を強奪《ごうだつ》するか……」

「それは……お兄《にい》ちゃんは考《かんが》えるのが苦手《にがて》だから……」

すると速水《はやみ》はハハハと乾《かわ》いた笑《わら》い声《ごえ》を上《あ》げた。

「たしかにそのとおりかもしれん。だが、考《かんが》えなしに突《つ》っこむというのは情熱《じょうねつ》と同時《どうじ》に度《ど》胸《きょう》がいるんや。それは自分《じぶん》を守《まも》ろうとしない、だれかのための度胸《どきょう》やな」

「だれかのための度胸《どきょう》？」

「ああ。ボクは自分《じぶん》のためだけに推理《すいり》をしてジョーカーと戦《たたか》う。ジョーカーもしかり、お宝《たから》は自分《じぶん》のためや。だが、シャドウはだれかのために、自分《じぶん》の身《み》を犠牲《ぎせい》にしても、お宝《たから》を手《て》に入《い》れようと、まっすぐに突《つ》っ込《こ》んでくる……」

「……だれかのために？」

「君《きみ》のためや」

速水《はやみ》はローズへ振《ふ》り返《かえ》り、じっとその顔《かお》を見《み》つめた。

「…………」

ローズは何《なに》も言《い》えず、少《すこ》し目《め》をそらした。

その様子《ようす》を見《み》て、速水《はやみ》は小《ちい》さく息《いき》をつく。

「さ、はよここから去《さ》るんや。今回《こんかい》は見逃《みのが》したる」

そう言《い》うと速水《はやみ》は車椅子《くるまいす》を動《うご》かして、ローズに背中《せなか》を見《み》せた。

「…………」

ローズは速水《はやみ》の背中《せなか》に向《む》けて、ぽつりとつぶやく。

「……ありがとう、速水《はやみ》さん」

「ああ……」

そしてローズは勇気《ゆうき》を出《だ》して、もう一言《ひとこと》続《つづ》けた。

「あの……、速水《はやみ》さんにもう一度《いちど》、会《あ》いたかったんです。だから……話《はな》せて、うれしかったです……」

「え……？」

速水《はやみ》は振《ふ》り返《かえ》った。

だが、そこにローズの姿《すがた》はもうなかった。

開《あ》いた窓《まど》から、冷《つめ》たい風《かぜ》が吹《ふ》きこんでいる。

窓《まど》の枠《わく》には、黄金《おうごん》のかんざしがひっそりと置《お》かれていた……。


スカイジョーカーに吊《つ》り下《さ》げられた庭園《ていえん》は、ゆっくりと夜空《よぞら》を飛《と》んでいた。

やがて庭園《ていえん》は、海《うみ》の上《うえ》に出《で》た。

月《つき》の出《で》ない今夜《こんや》は海風《うみかぜ》が冷《つめ》たい。

ジョーカーは庭園《ていえん》の真《ま》ん中《なか》で、どんと居座《いすわ》った分厚《ぶあつ》い雲《くも》を見上《みあ》げながら、花々《はなばな》を眺《なが》めていた。

ここはどうやらバラがメインの庭園《ていえん》らしい。

夜《よる》になっても咲《さ》き誇《ほこ》っている色《いろ》とりどりのバラたちに、ジョーカーはしばし見《み》とれた。

まさしく空中庭園《くうちゅうていえん》だな……。

その庭園《ていえん》はゆるいカーブのついた扇形《おうぎがた》をしており、その外側《そとがわ》の弧《こ》の近《ちか》くにはガゼボという西洋風《せいようふう》の東屋《あずまや》があった。美《うつく》しい屋根《やね》のついたガゼボは、なかのベンチで座《すわ》れるようになっており、庭園《ていえん》を眺《なが》めるのに程《ほど》よい位置《いち》に設置《せっち》されていた。

屋敷《やしき》の主《あるじ》はあのベンチに座《すわ》って庭《にわ》を眺《なが》めていたのかもしれない。

ということはその視線《しせん》の先《さき》に、〈小町《こまち》の黄金菊《おうごんぎく》〉があるかも……。

ジョーカーがそちらのほうへ目《め》を移《うつ》したその時《とき》、頭上《ずじょう》に何《なに》か影《かげ》が現《あらわ》れるのが見《み》えた。

「『ブラックホール・ビッグバン』！」

するどい声《こえ》と共《とも》に、傘《かさ》をかまえて落下《らっか》してくるシャドウを、ジョーカーは横《よこ》に飛《と》んでかわす。

ド―――ン！

シャドウの傘《かさ》が地面《じめん》に突《つ》き刺《さ》さり、花壇《かだん》にぽっかりと大《おお》きな穴《あな》があいた。

たくさんのバラの花《はな》が空《そら》へ弾《はじ》け飛《と》ぶ。

つむじ風《かぜ》のようにくるくると花《はな》びらが舞《ま》い散《ち》り、シャドウのまわりを取《と》り囲《かこ》んだ。

「何《なに》するんだ、シャドウ！」

「フフフ、ここが〈小町《こまち》の黄金菊《おうごんぎく》〉のありか、というわけか……」

「……ハチを追《お》っていたんだな。気《き》をつけろよ、そこに〈黄金菊《おうごんぎく》〉があったらどうすんだ！」

ジョーカーはできあがった大《おお》きな穴《あな》を指差《ゆびさ》す。

「ふふ、その時《とき》はその時《とき》だ。今《いま》のオレはお宝《たから》より、お前《まえ》と決着《けっちゃく》をつけるほうを選《えら》ぶ！」

シャドウは傘先《かささき》をジョーカーに向《む》けてかまえる。

その目《め》はまっすぐな光《ひかり》に満《み》ちていた。

「んだと……」

「覚悟《かくご》しろ、ジョーカー！　『ブラッディ・レイン』！」

シャドウは光線《こうせん》を放《はな》った。

「！……」

ジョーカーはよけられない。

もしよけると花《はな》に命中《めいちゅう》してしまう……！

「ぐっ……」

ジョーカーは胸元《むなもと》からカードを取《と》り出《だ》して光線《こうせん》の前《まえ》にかかげる。カードに当《あ》たる直前《ちょくぜん》、
瞬時《しゅんじ》にカードを手放《てばな》してその場《ば》から離《はな》れた。

光線《こうせん》は、ジョーカーのカードに命中《めいちゅう》して爆発《ばくはつ》した。

「！……」

爆風《ばくふう》がジョーカーを襲《おそ》う。なんとか花《はな》には当《あ》たらなかったようだ。

だが、シャドウの攻撃《こうげき》は休《やす》まることなく向《む》かってくる。

シャドウが体《からだ》の向《む》きを変《か》えながら光線《こうせん》を撃《う》つたびに、ジョーカーはカードを出《だ》しては受《う》け止《と》める。

庭園《ていえん》のいたるところで小爆発《しょうばくはつ》が起《お》こり、ジョーカーは超人的《ちょうじんてき》なスピードで、目《め》まぐるしく移動《いどう》しながら、花々《はなばな》をシャドウの光線《こうせん》から守《まも》っていった。

「チッ……」

シャドウがいったん傘《かさ》を下《お》ろす。

ジョーカーのおかげで花《はな》はほぼ無傷《むきず》だ。

「はぁ……はぁ……」

ジョーカーは息《いき》を整《ととの》えながら、再《ふたた》びカードをかまえる。

もう少《すこ》しだ……。

あと数分《すうふん》で〈小町《こまち》の黄金菊《おうごんぎく》〉の開花《かいか》がはじまる。

しかしそれまで体《からだ》がもつだろうか……。

「シャドウ！」

ジョーカーは叫《さけ》んだ。

「ローズはまだ怒《おこ》ってるのか？」

ジョーカーは時間《じかん》を稼《かせ》ぐために、シャドウに語《かた》りかけた。

「……なぜそんなことを気《き》にする？」

「いや……シンガポールで機嫌《きげん》が悪《わる》かったからさ。今日《きょう》は一緒《いっしょ》じゃないんだな？」

「お前《まえ》には関係《かんけい》ないことだ……」

シャドウは不機嫌《ふきげん》そうに目《め》をそらす。

すると、ジョーカーがイタズラっぽく笑《わら》った。

「ふ～ん。てっきりオレは、お前《まえ》はローズの機嫌《きげん》を取《と》るために〈小町《こまち》の黄金菊《おうごんぎく》〉を狙《ねら》ってるんだと思《おも》ってたよ」

「なっ……！」

シャドウはあわててジョーカーを振《ふ》り返《かえ》る。

「やっぱり図星《ずぼし》か。そういやローズは写真《しゃしん》を撮《と》るのが好《す》きだったものな。珍《めずら》しい花《はな》の写真《しゃしん》でも撮《と》らせてやろうと思《おも》ったのか？」

「そ、そんなんじゃねえ！」

「だったらなんだよー？」

「…………」

シャドウは一瞬口《いっしゅんくち》ごもる。そして小《ちい》さな声《こえ》でつぶやいた。

「…………夢《ゆめ》を見《み》ているんだ」

「夢《ゆめ》？」

「最近《さいきん》、眠《ねむ》っているローズの部屋《へや》から、うなされている声《こえ》が聞《き》こえる……」

「…………」

「ローズは何年《なんねん》ものあいだ眠《ねむ》っていた。そのせいで悪《わる》い夢《ゆめ》を見《み》ているのかもしれない。たとえば昔《むかし》のことを……」

「…………」

ジョーカーも神妙《しんみょう》な気持《きも》ちで話《はなし》を聞《き》いていた。

ローズたちの村《むら》が襲《おそ》われた時《とき》のことは、ジョーカーも時折思《ときおりおも》い出《だ》す。

その時《とき》の記憶《きおく》が、ローズのなかで薄《うす》れているはずがない。ローズは心《こころ》の奥《おく》に、決《けっ》して消《き》えない傷《きず》を抱《かか》えているのだ。

「……それで、強《つよ》い安眠効果《あんみんこうか》がある〈黄金菊《おうごんぎく》〉の香《かお》りをかがせれば、ローズがぐっすり眠《ねむ》れるかもしれないって考《かんが》えたのか？」

「…………」

シャドウは答《こた》えない。

そして、ギロリとジョーカーをにらみつけ、バサッとマントをひるがえして後《うし》ろに高《たか》くとんだ。

ガゼボの屋根《やね》の上《うえ》に降《お》り立《た》ち、ジョーカーを見下《みお》ろす。

「しかし、もうその必要《ひつよう》はない！　今《いま》のオレの目的《もくてき》はただ一《ひと》つ！　貴様《きさま》の影《かげ》として、光《ひかり》を塗《ぬ》りつぶすことだ！」

シャドウが傘《かさ》をかかげて、ジョーカーへ向《む》かって叫《さけ》んだ。

「…………」

ジョーカーはシャドウを見上《みあ》げ、懐《ふところ》から再《ふたた》びカードを出《だ》してかまえる。

二人《ふたり》はじっとにらみ合《あ》い、動《うご》かない――。

その時《とき》、端末《たんまつ》からハチの声《こえ》が聞《き》こえた。

『ジョーカーさん、開花時間《かいかじかん》っス！』

「…………」

ジョーカーは答《こた》えない。

庭園《ていえん》に目《め》を移《うつ》すことなく、シャドウをにらみつけている。

今《いま》はシャドウの位置《いち》から、庭園《ていえん》がすべて見渡《みわた》せる。

つまり、シャドウからは〈小町《こまち》の黄金菊《おうごんぎく》〉の開花《かいか》が見《み》えているということだ。

その場所《ばしょ》をヤツが狙《ねら》うのはまちがいない……。

だったら……！

一陣《いちじん》の風《かぜ》が、二人《ふたり》のあいだを強《つよ》く吹《ふ》き抜《ぬ》けた。

ジョーカーとシャドウは同時《どうじ》に動《うご》いた。

ジョーカーは庭園《ていえん》のすみに向《む》かって、まっすぐ突《つ》き進《すす》む。

シャドウはその場所《ばしょ》に向《む》けて、高《たか》く飛《と》び上《あ》がる。

行《ゆ》く手《て》に、一輪《いちりん》の小《ちい》さな花《はな》が咲《さ》いていた。

あざやかな黄色《きいろ》の繊細《せんさい》な花《はな》びらが、細《こま》かく幾重《いくえ》にも重《かさ》なる輝《かがや》きあふれる花《はな》だった。まさしく〈小町《こまち》の黄金菊《おうごんぎく》〉という名《な》にふさわしい。

シャドウは傘《かさ》をまっすぐに構《かま》え、〈黄金菊《おうごんぎく》〉に向《む》かって落下《らっか》していく。

ジョーカーは一足先《ひとあしさき》にたどり着《つ》いて、シャドウに向《む》かってカードをかかげた。

「ジョーカー！　お前《まえ》の弱点《じゃくてん》はその甘《あま》さだ！　お前《まえ》はお宝《たから》の前《まえ》では攻撃《こうげき》をよけられない！

いくぞ！　『ブラックホール・ビッグバン・スペシャル』！」

　シャドウは真《ま》っ黒《くろ》な傘《かさ》を高速回転《こうそくかいてん》で回《まわ》して、そのスピードを上《あ》げる。まるで漆黒《しっこく》のいん石《せき》が落下《らっか》してくるようだ。

「ぐっ……！　『シューティング・スター』！」

　ジョーカーは光《ひか》るカードを、シャドウに向《む》けて放《はな》った。

　迫《せま》り来《く》る影《かげ》と、カードの光《ひかり》がぶつかったその刹那《せつな》、二人《ふたり》の体《からだ》は衝撃《しょうげき》を受《う》け、互《たが》いに強《つよ》く弾《はじ》き飛《と》ばされた。

「ぐわぁあっ！」

「ううっ！」

　ジョーカーとシャドウは、それぞれ庭園《ていえん》の地面《じめん》に叩《たた》きつけられた。

　地上《ちじょう》から飛《と》んできたローズが、庭園《ていえん》へたどり着《つ》いたのはその時《とき》だった。

　ローズは庭園《ていえん》の反対側《はんたいがわ》に降《お》り立《た》って見回《みまわ》し、二人《ふたり》が倒《たお》れているのを見《み》つける。

「お兄《にい》ちゃん！　ジョーカー！」

　ローズが二人《ふたり》のもとへ駆《か》け寄《よ》ると、シャドウがひじをついて、よろよろと起《お》き上《あ》がろうとしていた。

「ぐっ……！」

シャドウは上半身《じょうはんしん》を起《お》こし、〈黄金菊《おうごんぎく》〉を見《み》すえる。

小《ちい》さな花《はな》は、ボロボロに枯《か》れていた。

「…………」

シャドウはニヤリと笑《わら》う。

「ハッハッハ！　やったぞ！　貴様《きさま》のお宝《たから》はオレが破壊《はかい》した！」

シャドウの冷《つめ》たい高笑《たかわら》いが、夜《よる》の闇《やみ》に響《ひび》いていく。

「お兄《にい》ちゃん……」

「お宝《たから》を守《まも》ろうとしたのが仇《あだ》になったな。おかげでオレは、花《はな》の場所《ばしょ》を正確《せいかく》に狙《ねら》いすまして攻撃《こうげき》することができた！　それが貴様《きさま》の弱点《じゃくてん》だ！」

ローズがジョーカーへ振《ふ》り返《かえ》ると、

「くっ……」

と、ジョーカーもゆっくり立《た》ち上《あ》がろうとしていた。

「オレの弱点《じゃくてん》だって……？」

「ああ、そうだ！」

「……たしかにオレはお宝《たから》を第一《だいいち》に考《かんが》えてる。だが、お前《まえ》にも弱点《じゃくてん》はあるんだぜ」

そう言《い》うとジョーカーはニヤリと笑《わら》う。

その悪魔的《あくまてき》な微笑《びしょう》はシャドウの心《こころ》を揺《ゆ》さぶった。

「な、なんだと？　オレの弱点《じゃくてん》？」

「ああ、そうさ！」

ジョーカーは突然《とつぜん》パチンと指《ゆび》を弾《はじ》いた。

すると庭園《ていえん》のあちらこちらから、ジョーカーの指《ゆび》の音《おと》に反応《はんのう》するかのように花《はな》が咲《さ》き始《はじ》める。その花々《はなばな》はすべて、先《さき》ほどの小《ち》さい花《はな》と同《おな》じ、黄色《きいろ》い輝《かがや》きに満《み》ちた菊《きく》だった。

「な、なんだと……!?」

「オレたちは二人《ふたり》ともホンモノの〈小町《こまち》の黄金菊《おうごんぎく》〉を見《み》たことがない。だからそれを利用《りよう》させてもらったのさ。さっきお前《まえ》が壊《こわ》したのはオレが作《つく》ったニセモノだ」

「けどどうやって、こんなにたくさんのニセモノを……」

その時《とき》、シャドウが何《なに》かに気《き》づいた。

「まさか……！」

「ああ、さっきお前《まえ》がオレを攻撃《こうげき》している時《とき》さ。シャドウ、お前《まえ》の弱点《じゃくてん》を利用《りよう》させてもらった」

「……なに……？」

シャドウは歯《は》を食《く》いしばり、ジョーカーをにらみつける。

「お前《まえ》の弱点《じゃくてん》……お前《まえ》はまっすぐすぎるんだ。だから攻撃《こうげき》する時《とき》も熱《あつ》くなりすぎて、まわりが見《み》えなくなる。宝《たから》の位置《いち》はおろか、どんなトリックがあろうと目《め》に入《はい》らなくなるんだ。そのすきに、たくさん仕掛《しか》けを作《つく》らせてもらったよ」

ジョーカーはシャドウの光線《こうせん》から逃《に》げていた時《とき》に、庭園《ていえん》を走《はし》り回《まわ》りながら、たくさんのワナを仕掛《しか》けたのだった。

「オレに勝《か》ちたい気持《きも》ちだけじゃ、オレには勝《か》てないってことさ。けどその弱点《じゃくてん》、オレは嫌《きら》いじゃないぜ」

「ぐっ……だったらホンモノの〈黄金菊《おうごんぎく》〉は……」

「あれだよ」

とジョーカーが指差《ゆびさ》した先《さき》、ガゼボのたもとに小《ちい》さな花《はな》が咲《さ》いていた。

まるで雑草《ざっそう》のように目立《めだ》たないが、淡《あわ》く黄色《きいろ》い花《はな》びらをつけた慎《つつ》ましやかな菊《きく》だった。

「あれが〈黄金菊《おうごんぎく》〉だと……」

「そうさ。開花時間《かいかじかん》のタイミングで咲《さ》いた花《はな》は、あれだけだ」

しかし〈黄金菊《おうごんぎく》〉はすでに花《はな》びらを落《お》とし、しおれてしまっていた。

「どうやら月《つき》が出《で》てきたみたいだ……」

ジョーカーが見上《みあ》げると、雲《くも》が少《すこ》しずつ晴《は》れ、その合間《あいま》から月《つき》が顔《かお》を出《だ》しはじめている。

〈小町《こまち》の黄金菊《おうごんぎく》〉は、闇夜《やみよ》にしか花《はな》を咲《さ》かせない……。

ほんのひと時《とき》しか咲《さ》かない花《はな》の、はかない最期《さいご》だった。

「ヘッ、どうやら貴様《きさま》もお宝《たから》は手《て》に入《い》れられなかったようだな！」

シャドウがあざけるように笑《わら》う。

「へへへ～、果《は》たしてそうかな？」

そう言《い》うとジョーカーは〈黄金菊《おうごんぎく》〉の近《ちか》くへ歩《あゆ》み寄《よ》り、小《ちい》さなピンポン玉《だま》のようなものを拾《ひろ》い上《あ》げた。

「花《はな》が咲《さ》いた時《とき》に、あわててイメージガムを投《な》げつけて、その香《かお》りだけ閉《と》じこめたのさ。時間《じかん》がなくて、三《みっ》つしかできなかったけどな～」

と、ジョーカーはピンポン玉《だま》で狙《ねら》いをつける。

「き、貴様《きさま》、何《なに》するつもりだ！」

「こうするんだよ♪」

ジョーカーは指先《ゆびさき》でピンポン玉《だま》を弾《はじ》いた。玉《たま》はポン！　と音《おと》を立《た》ててシャドウの鼻先《はなさき》で割《わ》れ、その香《かお》りをまき散《ち》らした。

「き、貴様《きさま》……は……ぐぅ……すぅ……すぅ……」

シャドウはたちまち目《め》を閉《と》じてドサリと倒《たお》れ、安《やす》らかに寝息《ねいき》を立《た》てはじめた。

「一丁《いっちょう》あがりぃ」

「お兄《にい》ちゃん！」

ローズはシャドウに駆《か》け寄《よ》る。

シャドウは安《やす》らかな顔《かお》で、静《しず》かに寝息《ねいき》を立《た》てていた。

「ローズ」

ジョーカーが空《そら》を見上《みあ》げて声《こえ》をかけた。

「何《なに》？」

「シャドウに伝《つた》えてくれ。『案外《あんがい》、楽《たの》しかったぜ』てな」

「……また怒《おこ》りそう」

「ひひひ、それが狙《ねら》いさ」

ジョーカーはローズのほうを向《む》いて、ニカッと笑《わら》う。
それは、月《つき》の光《ひかり》よりもまぶしい笑顔《えがお》だった。

9 シャドウ・ジョーカー、永遠《えいえん》に

三日後《みっかご》――。

シルバーハートは軽飛行機《けいひこうき》に乗《の》り込《こ》もうとして、もう一度《いちど》振《ふ》り返《かえ》った。

「本当《ほんとう》に大丈夫《だいじょうぶ》かのう？」

不安《ふあん》そうにたずねる先《さき》には、クイーンとロコが並《なら》んでいた。

「大丈夫《だいじょうぶ》よ！」

「ステキです、師匠《ししょう》！」

クイーンはニコッと笑《わら》い、「ほら、早《はや》く行《い》かないと遅《おく》れるわよ！　時間《じかん》のほうを心配《しんぱい》して！」とシルバーハートを軽飛行機《けいひこうき》に押《お》し込《こ》んだ。

その後部座席《こうぶざせき》には、見《み》るも大《おお》きな花束《はなたば》が席《せき》いっぱいに押《お》し込《こ》まれ、色《いろ》とりどりの花々《はなばな》が、センスよく並《なら》べられている。

クイーンが、大庭園《だいていえん》から持《も》ち帰《かえ》った花《はな》が見事《みごと》に開花《かいか》したのだった。

シルバーハートの軽飛行機《けいひこうき》が雲《くも》の向《む》こうへ消《き》えるのを見送《みおく》って、クイーンたちはホッと息《いき》をついた。

「あれなら女王様《じょおうさま》も喜《よろこ》んでくれるでしょうね」

「そうよ、あとはうまくいくかどうかは、おじいちゃん次第《しだい》ってこと！」

クイーンは満足《まんぞく》そうに言《い》う。

かんざしを持《も》ち帰《かえ》らなかったことで、シルバーハートに怒《おこ》られると思《おも》っていたが、病床《びょうしょう》でスペードがとてもいいアイデアを思《おも》いついていた。

あの夜《よる》、シルバーハートは、岬《みさき》の大庭園《だいていえん》に予告状《よこくじょう》を出《だ》していなかったのだ。

もちろんスペードもクイーンも予告状《よこくじょう》を送《おく》っていない。

『怪盗《かいとう》は予告状《よこくじょう》を出《だ》して、正々堂々《せいせいどうどう》とお宝《たから》を頂戴《ちょうだい》するものだ。そこが泥棒《どろぼう》との大《おお》きなちがいなんじゃ。決《けっ》して破《やぶ》ってはならん誓《ちか》いだぞ！』

日《ひ》ごろ、シルバーハートが口《くち》をすっぱくして言《い》っていたことだ。

そこでクイーンは、

「てっきりおじいちゃんが予告状《よこくじょう》を出《だ》したと思《おも》ってたの」

「だから私《わたし》たち、お宝《たから》は盗《ぬす》んだんだけど返《かえ》してきたのよ」

と、悪《わる》びれずにきっぱりと言《い》った。

その時《とき》のシルバーハートの「むむむ……」と言《い》ったきり、絶句《ぜっく》した顔《かお》は、しばらく思《おも》い出《だ》しては楽《たの》しめるだろう。

さ、うまくいったわ。

スペードのお見舞《みま》いでも行《い》ってあげようかしら♪

クイーンは青空《あおぞら》を見上《みあ》げ、ニッコリと微笑《ほほえ》んだ。


シャドウはゆっくりと目《め》を開《あ》けた。

そこは古《ふる》い城《しろ》を改造《かいぞう》した、シャドウのアジトだった。

「……眠《ねむ》っていたのか……」

シャドウは起《お》き上《あ》がって、あたりを見回《みまわ》す。

「そうか……オレは、あの香《かお》りのせいで……」

まだ頭《あたま》がボーっとしている。

その脳裏《のうり》に、空中庭園《くうちゅうていえん》での戦《たたか》いがよみがえった。

シャドウは悔《くや》しさでぐっと歯《は》を食《く》いしばる。

また、ジョーカーにやられてしまったか……。

しかも……。

「………」

シャドウはこぶしをグッとにぎりしめる。

『私《わたし》のために何《なに》かする必要《ひつよう》なんてない……』

あの時《とき》のローズの言葉《ことば》が、また頭《あたま》の奥《おく》で響《ひび》く。

ローズのためにしようとしたことを、ローズは望《のぞ》んでいなかった……。

すべてはシャドウの勝手《かって》な思《おも》いこみにすぎなかったのだ。

シャドウはいまだ、すべてを否定《ひてい》された思《おも》いをぬぐいさることができなかった。

とその時《とき》、とびらが開《あ》いて、ローズが入《はい》ってきた。

「あ！　目《め》がさめたのね。おはよう、お兄《にい》ちゃん！」

「ローズ……」

ローズは、ベッドのとなりの丸椅子《まるいす》にちょこんと座《すわ》る。

「お兄《にい》ちゃん、疲《つか》れてたのね。三日《みっか》寝《ね》てたのよ」

「……ローズ、体調《たいちょう》は大丈夫《だいじょうぶ》か？」

「私《わたし》はぜんぜん！　それよりそうだ、お兄《にい》ちゃん！」

ローズが弾《はず》んだ声《こえ》を上《あ》げて、ポケットから何《なに》かを取《と》り出《だ》した。

「これ、ジョーカーにもらったの」

ローズの手《て》には、あのピンポン玉《だま》が二《ふた》つのっていた。

「それは……」

「なんか、寝《ね》る前《まえ》に玉《たま》を割《わ》って香《かお》りをかぐとぐっすり眠《ねむ》れて、美容《びよう》にもいいんだって♪

さっそく今日《きょう》からやってみようと思《おも》って」

「そ、そうか……」

「お兄《にい》ちゃんが起《お》きてからやろうって決《き》めたの。お兄《にい》ちゃんとジョーカーからの贈《おく》り物《もの》だもんね」

「………」

シャドウはローズの言葉《ことば》に、驚《おどろ》いたように目《め》を見開《みひら》いた。

「ローズ……」

「ありがとう、お兄《にい》ちゃん。それとね……ごめんなさい」

「ん？」

「お兄《にい》ちゃんにひどいこと言《い》ったから……」

「ああ、そのことか」

「私《わたし》のために何《なに》かしてくれなくてもいい、なんて……。いつだってお兄《にい》ちゃんは私《わたし》のことを考《かんが》えてくれてたのね。私《わたし》は、今《いま》までどおりまっすぐなお兄《にい》ちゃんでいてほしい……」

「…………」

シャドウはじっと黙《だま》りこむ。

体《からだ》のなかが熱《あつ》くなるのを感《かん》じて、それを隠《かく》すように再《ふたた》び横《よこ》になった。

「……よく覚《おぼ》えてないな。眠《ねむ》ってボーっとしているせいだ」

ローズに背《せ》を向《む》けてつぶやいた。

「お兄《にい》ちゃん……」

「いいんだ、お前《まえ》が悪《わる》いことは何一《なにひと》つない」

「……ありがとう」

ローズはもう一度《いちど》お礼《れい》を言《い》った。

その時《とき》、端末《たんまつ》の音《おと》がピピピと鳴《な》った。

「ん？」

と、シャドウがテーブルの上《うえ》の端末《たんまつ》を見《み》やるが、何《なに》も鳴《な》っていない。

するととなりで、ローズが端末《たんまつ》を取《と》り出《だ》した。

その画面《がめん》に『速水《はやみ》さん』と書《か》いてあるのがちらりと見《み》える。それを見《み》たシャドウは、思《おも》わず叫《さけ》んだ。

「なっ、ローズ！　それはなんだ！」

「ち、ちがうわよ。かんざしを返《かえ》したから、そのお礼《れい》だと思《おも》う」

「何《なに》⁉　かんざしをあいつに渡《わた》したのか！　しかも勝手《かって》に連絡《れんらく》を取《と》るなんて許《ゆる》さねえぞ！」

「お兄《にい》ちゃんには関係《かんけい》ないでしょ！」

と、ローズは赤面《せきめん》して立《た》ち上《あ》がり、部屋《へや》を走《はし》り出《で》ていく。

「ま、待《ま》て、ローズ！」

シャドウは起《お》き上《あ》がって追《お》いかけようとしたが、シーツがその足《あし》をとらえる。

「わわわっ」

みっともなくバランスを崩《くず》して、シャドウはベッドから転《ころ》がり落《お》ちた。

警視庁《けいしちょう》の一室《いっしつ》に、鬼山《おにやま》は呼《よ》び出《だ》されていた。

今日《きょう》の午後《ごご》に、辞令《じれい》が出《で》る予定《よてい》だった。

鬼山《おにやま》の胸《むね》ポケットには、今朝《けさ》したためたばかりの封筒《ふうとう》が入《はい》っている。その表《おもて》には、達筆《たっぴつ》な筆《ふで》づかいではっきりと『辞表《じひょう》』と書《か》かれていた。

鬼山《おにやま》は過去《かこ》に辞表《じひょう》を一度《いちど》だけ書《か》いたことがある。

それは、ジョーカーが刑務所《けいむしょ》のなかのお宝《たから》を狙《ねら》って、わざと捕《つか》まった時《とき》だった。

ジョーカーが逮捕《たいほ》され、もはや自分《じぶん》の役目《やくめ》は終《お》わったと思《おも》ったのだ。

しかし今回《こんかい》、まさかジョーカーを逮捕《たいほ》することなく、再《ふたた》び辞表《じひょう》を書《か》くことになるとは……。

鬼山《おにやま》は苦笑《くしょう》して、上司《じょうし》の部屋《へや》をノックした。

が、部屋《へや》へ入《はい》った鬼山《おにやま》にかけられた上司《じょうし》の言葉《ことば》は意外《いがい》なものだった。

「警察宛《けいさつあて》に動画《どうが》が送《おく》られてきた。どうやら君《きみ》へのメッセージのようだ」

上司《じょうし》がパソコンで動画《どうが》を再生《さいせい》すると、ジョーカーがカメラに向《む》かって怒鳴《どな》り散《ち》らしている姿《すがた》が映《うつ》し出《だ》された。

『おい警部《けいぶ》！　どさくさにまぎれて、オレの大切《たいせつ》なバッジを取《と》りやがったな！』

ジョーカーはカメラに向《む》けて、人差《ひとさ》し指《ゆび》を突《つ》きつけた。

『次《つぎ》にオレが狙《ねら》うのは、お前《まえ》が持《も》っているバッジだ！　あらためて予告状《よこくじょう》は出《だ》すから、逃《に》げるんじゃねえぞ！　必《かなら》ず返《かえ》してもらうからな！　ぜったいだぞ！』

その叫《さけ》びの直後《ちょくご》、プツンと映像《えいぞう》がとぎれる。

「これは……」

ぼう然《ぜん》とする鬼山《おにやま》に、上司《じょうし》は苦々《にがにが》しく言《い》った。

「ジョーカーの予告状《よこくじょう》によれば、ヤツがやってくるのは明日《あした》の夜《よる》だ。しかも、大胆《だいたん》にもこの警察《けいさつ》へ侵入《しんにゅう》をするつもりのようだ」

「なんですって!?」

「それだけは何《なん》としても阻止《そし》せねばならない。鬼山警部《おにやまけいぶ》、担当《たんとう》してもらえるか？」

「え……ですが私《わたし》は今回《こんかい》の事件《じけん》で……」

すると上司《じょうし》は、鬼山《おにやま》を見《み》つめて静《しず》かに告《つ》げる。

「うむ。探偵《たんてい》の速水《はやみ》くんより、君《きみ》のおかげで〈小町《こまち》の黄金菊《おうごんぎく》〉を取《と》り返《かえ》せたという連絡《れんらく》が入《はい》った。だから今回《こんかい》、君《きみ》の責任《せきにん》は問《と》わないこととなった」

「え……。ということは……」

「これからも怪盗《かいとう》ジョーカーを追《お》ってもらう。やってくれるか？」

「も、もちろんです！」

鬼山《おにやま》の胸《むね》がカッと熱《あつ》くなった。

右手《みぎて》をかかげ、ピシっと敬礼《けいれい》する。

「承知《しょうち》いたしましたぁ！」

鬼山《おにやま》は、その胸《むね》に広《ひろ》がる喜《よろこ》びを噛《か》みしめ、大声《おおごえ》で叫《さけ》んだ。

次《つぎ》の日《ひ》の夜《よる》——。
月《つき》が輝《かがや》く夜空《よぞら》のなかを、スカイジョーカーが飛《と》んでいた。

そのデッキにジョーカーとハチが現《あらわ》れる。

「さーて、今日《きょう》も元気《げんき》に行《い》っちゃおうか、ハチくん！」

「……ジョーカーさん、なんかご機嫌《きげん》っスね」

ハチがけげんそうに、ジョーカーを見上《みあ》げる。

「ああ、『バトスマ3』初回版《しょかいばん》の追加予約《ついかよやく》があったからな！　今回《こんかい》はちゃんと間《ま》に合《あ》ったぜ！」

ジョーカーはうれしそうにグッと親指《おやゆび》をかかげる。

「こないだはすっかり忘《わす》れてて、11時《じ》を過《す》ぎちゃったからな〜。でも、だからこそ、庭園《ていえん》で鐘《かね》が鳴《な》った時《とき》に『あれ？　間《ま》に合《あ》ったんじゃねーの!?』って思《おも》ったんだよ。おかげで、鐘《かね》のトリックに気《き》がつくことができたってわけさ」

「……そういうことだったんスね」

ジョーカーが鐘《かね》のトリックに気《き》づいたのは、ゲームのおかげでもあったのだ。

あの日《ひ》ハチは、鬼山《おにやま》につかまっているジョーカーからこっそりメッセージを受《う》け取《と》っていた。ハチが空中庭園《くうちゅうていえん》に仕掛《しか》けをほどこすことができたのは、いち早《はや》く時差《じさ》のことに気《き》づいたジョーカーが、端末《たんまつ》でこっそりハチに庭園《ていえん》の場所《ばしょ》を教《おし》えたからだ。

ジョーカーのするどい観察眼《かんさつがん》に、ハチはいつもながら感心《かんしん》する。

「だから今日《きょう》は機嫌《きげん》がいいんだ！　行《い》くぞ！」

「はいっス、ジョーカーさん！」

二人《ふたり》はバルーンガムをふくらませると、デッキを飛《と》び出《だ》し、ゆっくりと降下《こうか》をはじめる。

その下《した》には今回《こんかい》のターゲットである警視庁《けいしちょう》の建物《たてもの》が見《み》えていた。

もちろん回《まわ》りには、数多《かずおお》くのパトランプが回《まわ》り、無数《むすう》のサーチライトが動《うご》き回《まわ》っていた。

その中心《ちゅうしん》で鬼山《おにやま》、そしてギンコとモモが、こちらを見上《みあ》げ、にらみつけているのが見《み》える。

「来《き》たな、ジョーカー！　今夜《こんや》こそ、激逮捕《げきたいほ》だぁ――――！」

拡声器《かくせいき》を通《とお》した叫《さけ》び声《ごえ》が、ジョーカーの耳《みみ》にも届《とど》く。

「へへっ、そう簡単《かんたん》にいくかよ！」

その時《とき》、ハチが叫《さけ》んだ。

「ジョーカーさん、あれ！」

ハチの指《ゆび》さす先《さき》、夜空《よぞら》に二《ふた》つの人影《ひとかげ》が浮《う》かんでいた。

傘《かさ》をヘリコプターのように回《まわ》して飛《と》んでいるシャドウと、超能力《ちょうのうりょく》で浮《う》いているローズだ。

「ジョーカー！　このあいだの借《か》りを返《かえ》してやる！」

「やっぱり来《き》たなシャドウ！　あれから弱点《じゃくてん》は克服《こくふく》できたか？」

ジョーカーがイタズラっぽく笑《わら》ってたずねた。

「ヘッ、あんなものは弱点《じゃくてん》じゃねえ！　これからも貴様《きさま》を全力《ぜんりょく》で追《お》いつめ、いつか必《かなら》ずオレのもとにひれ伏《ふ》させてやる。それが影《かげ》であるオレの生《い》きざまだ！」

「ははっ、そうこなくっちゃ！」

ジョーカーはうれしそうに叫《さけ》ぶと、となりのローズへ目《め》を向《む》ける。

「ローズ、よく眠《ねむ》れたか？」

「ええ、とっても。ありがとう、ジョーカー！」

「まあ、シャドウで効果《こうか》は実証済《じっしょうず》みだったからな」

「なんだと！」

シャドウはジョーカーをキッとにらみつける。

「ジョーカー、今回《こんかい》の貴様《きさま》のお宝《たから》、オレが必《かなら》ず奪《うば》い取《と》ってやる！」

「ははっ、どっちが先《さき》に盗《ぬす》み出《だ》すか勝負《しょうぶ》ってことか！　望《のぞ》むところだ！」

「行《い》くぞ！」

ジョーカーとシャドウは、同時《どうじ》に降下《こうか》をはじめる。

月《つき》に大《おお》きな雲《くも》がかかり、その柔《やわ》らかい光《ひかり》はさえぎられた。
眼下《がんか》から警察《けいさつ》のサーチライトが二人《ふたり》を照《て》らす。
激《はげ》しく輝《かがや》く二《ふた》つの影《かげ》は、互《たが》いにぶつかり合《あ》いながら、光《ひかり》のなかへ溶《と》けていった——。

おわり

Shogakukan Junior Bunko

★小学館ジュニア文庫★

怪盗ジョーカー 闇夜の対決！ ジョーカーvsシャドウ

2015年12月21日 初版第1刷発行
2017年 3 月18日 第2刷発行

著者／福島直浩
原作／たかはしひでやす
監修／佐藤 大・寺本幸代
カバーイラスト／しもがさ美穂
挿画／陽橋エント

発行者／立川義剛
印刷・製本／中央精版印刷株式会社
デザイン／土屋哲人
編集／伊藤 澄

発行所／株式会社 小学館
〒101-8001 東京都千代田区一ツ橋2－3－1
電話 編集 03-3230-5105
販売 03-5281-3555

Printed in Japan ISBN 978-4-09-230855-8